Une poignée de blé

Antonin Malroux

Une poignée de blé

ROMAN

LE GRAND LIVRE DU MOIS

1

Subitement, son cœur se mit à battre plus fort.

Le train ralentissait, les images du dehors devenaient plus proches, plus réelles. Autour de lui, les voyageurs qui s'apprêtaient à descendre s'avançaient vers la portière.

Le grincement des roues sur les rails créa la dernière bousculade.

Il saisit sa valise, mais laissa s'écouler le flot des voyageurs, bien décidé à descendre le dernier. Il reconnaissait tout, à présent. Oui, c'était bien la gare de son village, le village qui l'avait vu naître, puis grandir, devenir un homme. Un rapide décompte s'enchaîna dans sa mémoire, et son cœur se serra. Il se surprit à dire tout haut : « Plus de sept ans ! »

Tout en quittant le quai unique, où les quelques voyageurs se dispersaient, il posa un regard discret sur les visages… Aucun d'eux ne lui était familier. Quant à lui, qui aurait pu reconnaître en cet homme barbu, aux cheveux longs et qui traînait la jambe, un enfant du pays ?

« Tiens, le chef de gare n'est plus le même », songea-t-il. Puis, en contemplant le modeste décor qui émouvait sa mémoire, il se décida à suivre les autres voyageurs, traversa la salle de la petite gare, longea le guichet vide et émergea sur la placette. Là, il s'immobilisa, tout à son plaisir de retrouver les images perdues. « Le quartier n'a guère changé », murmura-t-il. Et ce constat le rassurait et l'angoissait à la fois.

Après quelques instants d'hésitation, la gare étant excentrée, il décida, plutôt que de traverser le bourg, de le contourner pour rejoindre Esquiral, où habitait sa mère, non loin de la ferme des gens riches, les Chavaroche. « Ça fait si longtemps, ma mère ne m'attend plus, c'est sûr ! Quelle émotion va lui procurer mon arrivée !… »

Mais tout à coup il se demanda s'il avait bien fait de revenir. Les doutes l'étreignaient.

Alors qu'il poursuivait son chemin, une silhouette apparut au loin, qui venait vers lui et qu'il lui sembla reconnaître. Oui, c'était bien le vieux Cadreto, le rempailleur de chaises. Un Italien réfugié en France depuis longtemps.

Antoine Coupière ne put réprimer un sourire en songeant : « Deux boitilleux qui se croisent, deux anciens amis dont l'un ignore l'autre désormais… » Ils se dévisagèrent pourtant, puis le regard de Cadreto orienta à nouveau sa route, sans manifester la moindre émotion. Antoine se sentit dès lors sûr de son incognito. Non qu'il craignît qu'on le reconnût, mais il préférait passer inaperçu, du moins les premiers jours. Sa conscience lui répétait qu'il aurait dû revenir plus tôt, donner de ses nouvelles, mais son fichu caractère l'avait souvent conduit vers des impasses.

Les prés et les champs, morcelés, découpés en nombreuses parcelles, lui paraissaient étriqués, corsetés de haies ou de barbelés, comme prisonniers de vêtements trop petits. Les blés commençaient à dorer et certaines prairies paraissaient en mal de faucheurs. On s'activait pourtant, ici et là, des charrettes s'emplissaient de foin, elles rejoindraient en fin de soirée les granges qui les attendaient.

Tout ça sentait bon le pays… son territoire, celui de son enfance et de sa jeunesse. Il souriait en identifiant un champ, un taillis, une bâtisse. Il se revit petit, dans ce pré humide, disparaître jusqu'à la ceinture au fond d'une rigole vaseuse. Il avait hurlé si fort que les voisins occupés à faucher avaient accouru et s'étaient moqués de lui : « Tu as l'eau aux genoux, ce n'est pas la peine de hurler comme si on voulait t'étrangler, lui lancèrent-ils. – Quelque chose me tirait vers le fond, je vous assure, je vous le jure ! – Et ce quelque chose c'était la peur ! Tu es un trouillard, toi qui joues la forte tête ! – Non, ce n'est pas vrai, je n'avais pas peur ! – Lave-toi les jambes et rentre chez toi, on dira rien à ta mère… » Il se rappelait encore les rires moqueurs de ces gens. « Je voulais déjà avoir raison », pensa-t-il.

Il prit soudain conscience de la pleine chaleur de juillet, et retira sa veste, cherchant des yeux une source qu'il connaissait bien et qu'il espérait encore vive. Deux garçons de douze ans environ le croisèrent, les yeux pleins de curiosité, sans lui adresser le moindre bonjour. « C'est ma barbe et mes cheveux qui les effraient. » La plus grande partie de son visage se dissimulait sous un fouillis de poils qu'il savait peu avenant.

À quelques pas de là, il retrouva la fontaine, but

quelques gorgées d'eau et s'assit, moins pressé de reprendre son chemin. Il se déchaussa, enleva ses chaussettes, remonta les jambes de son pantalon jusqu'aux genoux et, avec précaution, l'une après l'autre, plongea ses jambes dans le flot glacé, tandis que son visage accueillait cette sensation avec une grimace de douleur. Puis il se massa les mollets et les laissa sécher au soleil. Un bien-être exquis le détendit, éloigna ses doutes. Son pays retrouvé semblait palpiter autour de cette source vivifiante.

Machinalement, il se lissa la barbe en observant le ciel. « Me revoilà près de chez moi. C'est ici que je suis né, il y a... » Soudain, un chien apparut, et s'approcha en aboyant férocement. Mais, à quelques mètres de lui, il s'arrêta net. Il n'aboyait plus, les yeux fixés sur l'homme barbu.

Antoine se rechaussa lentement, puis reprit son chemin, sa valise à la main, laissant derrière lui les traces de son passage dans l'herbe haute et fleurie, une herbe prête pour le fauchage. Le chien avait rebroussé chemin, mais Antoine devinait que, sans doute proches, ses maîtres observaient l'étranger qu'il semblait être.

Seul le bruit de ses brodequins bousculant les cailloux du chemin rompait le silence de cette campagne tranquille et chaude, caressée par une brise habituée des lieux. Car elle était bien chez elle, cette brise venue d'entre les deux collines de l'est, soufflant toujours par le même couloir, jamais en sens inverse, comme guidée par de mystérieux mouvements de l'écorce terrestre.

Antoine avançait, poussé maintenant par la curiosité et une impatience soudaine.

Peut-être rencontrerait-il quelqu'un, sa mère en premier lieu, ou bien des gens d'Esquiral, l'un des Chavaroche, les anciens patrons de son père mort à leur service. Antoine aussi avait travaillé chez eux pendant quelques années et n'en gardait pas un excellent souvenir. Quant à ses amis, ses camarades d'enfance, qui d'entre eux manquait ? Qui avait laissé sa vie dans le pourrissoir des tranchées ou dans quelque camp de l'enfer ? Aucune commune n'avait été épargnée. Que savait-il de tout cela, lui, le revenant, le « disparu » que personne n'attendait plus ? Et comment expliquer aux villageois qu'en réalité, il ne connaissait rien de l'après-guerre en France ? Sa mère devrait lui raconter. Mais il était vivant, et c'était tout ce qui compterait pour elle. Dans quelques instants, il la serrerait dans ses bras cette mère à qui il n'avait jamais écrit depuis… 1939.

Derrière les feuillages des chênes qui avaient grandi, des châtaigniers, des vieux cerisiers jaillissant des haies buissonnières dont il se souvenait du goût et qui avaient mal vieilli, il devina la ferme des Chavaroche. Mais ce qui lui serra le cœur, ce fut d'apercevoir la petite maison, un peu à l'écart, un peu en contrebas aussi, bordée d'un potager dont il gardait en lui tant d'images.

Il imagina sa mère sur le pas de la porte, lui ouvrant les bras, aussi simplement que se lève le soleil chaque jour.

Instinctivement, Antoine ralentit sa marche alors qu'il aurait voulu courir. Il venait de se souvenir qu'on surnommait les lieux « la maison des pauvres », et l'expression l'atteignit comme un coup de poing. Il l'avait effacée de sa mémoire, mais elle se dressait à nouveau devant lui, comme un mur. Sa mère et lui avaient été logés là, comme des nécessiteux qu'ils étaient devenus à un moment de leur vie.

Antoine prit une grande inspiration et avança.

L'endroit était trop silencieux, de ce silence que découvre le regard. La porte qui d'habitude demeurait ouverte était close, les contrevents tirés.

Plus il avançait, plus il découvrait l'abandon des lieux. L'herbe avait envahi non seulement le jardin mais aussi les pierres de l'allée qui conduisait à la maison. « Ma mère n'habite plus ici », pensa-t-il. Et un vertige le fit chanceler. Il s'appuya contre le portail, balayant du regard ce qui n'était plus que désolation.

Tout à son émotion, il ne vit pas tout de suite les deux garçons qui l'observaient. Il lui fallut se reprendre, pour demander d'une voix calme :

– Personne n'habite donc plus ici, jeunes gens ?

Hésitant à répondre, les garçons se regardèrent.

– Vous cherchez quelqu'un ? demanda l'un d'eux.

Antoine sentit qu'il n'inspirait aucune confiance, il le vit dans leur regard.

– Une femme habitait ici...

– Oui, poursuivit l'autre, une vieille femme qui est morte l'année dernière.

Antoine ferma les yeux. Il réussit à articuler :

– La connaissiez-vous ?

– Oui, c'était Madame Coupière, elle a perdu son fils à la guerre. On dit qu'elle ne s'en est jamais remise.

– Même qu'elle a écrit au ministre des guerres, mais on ne sait pas ce qu'il est devenu. Mon père le connaissait bien avant qu'il parte au régiment, c'était un dur, paraît-il... il y a longtemps, tout ça.

Les mains d'Antoine se crispèrent sur le bois du

vieux portail. Le voyant soudain silencieux, les garçons s'éloignèrent d'abord de quelques pas, puis se retournèrent.

– Au revoir, monsieur, dit l'un d'eux.

Antoine ne répondit pas, terrassé par la nouvelle. Le visage ruisselant de larmes, il couvait des yeux la chaumière, et tout ce qu'elle contenait de joie et de drames. L'enfant qu'il avait été resterait à jamais prisonnier de ces murs.

Il poussa le portail et s'approcha du seuil de la maison. « J'arrive trop tard... ma pauvre mère, pardonne-moi... »

Il tenta de pousser la porte, comme autrefois, mais elle résista, et cette résistance lui fit plus mal encore.

Antoine posa sa valise, là, contre le panneau dont le bois avait noirci et gonflé. Puis, en longeant la petite façade, il laissa sa main glisser sur les pierres, retrouver ce quelque chose d'inexplicable, de profond, qui le liait à son passé. Sur le côté, un avant-toit se laissait aller, protégeant vaille que vaille un poulailler désert aux portes béantes, quelques vieux outils de jardin et, encore dressées contre le mur, deux bottes de paille et quelques planches. Le jardinet en friche débordait d'une herbe grasse nourrie de bonne terre, et quelques légumes sauvages par-ci par-là résistaient à l'envahissement. Le groseillier, habillé lui aussi de plantes grimpantes, ne ressemblait plus à grand-chose.

Sous l'appentis, Antoine découvrit une vieille chaise de bois, la débarrassa de la poussière, et s'y installa. Cette désolation, ce silence, ce vide, il les respirait de tout son être. « Si j'avais pu imaginer... »

Son regard embrassait lentement le lopin de terre,

puis se perdait au loin, vers la petite vallée dessinée par les bois de châtaigniers, de chênes, de bouleaux, et les taillis dans un désordre que seul peut inventer la nature. Au-delà des terres cultivées, ses pensées se laissaient piéger par les frondaisons verdoyantes.

Un bruit le fit sursauter : un attelage de bœufs approchait, tirant péniblement une énorme cargaison de foin, et les paysans le hélaient, dans un patois qu'il connaissait bien. Il aurait pu s'avancer vers eux, se présenter, les saluer… mais au lieu de cela… il resta assis. À quoi bon ?

Alors, écrasé de solitude, il pensa soudain à sa tante, la sœur de sa mère, et à Louis Vieillessente, son mari. Tous deux exploitaient une petite ferme au lieu-dit Fonterouge. Leurs relations avaient autrefois été tumultueuses. Louis ne l'appréciait pas, lui reprochait de se conduire comme un jeune sauvage. Avec leur fils, son cousin Jean-Jacques, du même âge que lui, ce n'était pas l'entente cordiale non plus. Quelques souvenirs désagréables en tête, Antoine ne se sentit pas autrement pressé de les rencontrer.

Il leva la tête et ses yeux se portèrent sur le mur de la maison, intrigués soudain. Il se dressa et s'approcha. Entre les grosses pierres, une plus petite, assez plate, discrète au milieu des autres, faisait tache. « La cachette… », murmura-t-il. Il s'empressa de dégager la pierre qui céda facilement. Elle obstruait une cache minuscule. Juste la place d'une clef. Et il se souvint : sa mère la dissimulait là lorsqu'elle s'absentait. Mais la cache était vide. Rien, aucune clef. La déception, une de plus, lui serra la gorge, et il sourit de son infortune. Ç'aurait été trop simple !

Il se rassit et laissa le temps s'écouler. Sans bouger. Il n'avait pourtant rien à se mettre sous la dent, son dernier casse-croûte datait de midi, une simple tranche de jambon glissée entre deux tranches de pain beurré et des fruits. « Bah, je tiendrai bien jusqu'à demain, se dit-il. J'ai connu pire situation. Je dormirai ici ce soir. La nuit sera tiède et j'ai besoin de réfléchir sur place, dans ce qui fut notre maison, à ma mère et moi. Je m'accommoderai d'un lit de paille, j'ai toujours aimé ça, la paille. Ma pauvre mère n'en serait pas surprise si elle me voyait. Demain matin, j'irai à Fonterouge. Demain. »

Il plaça les quelques planches à même le sol poussiéreux, et défit les bottes de vieille paille qu'il étala en une paillasse. Jamais il n'aurait pensé dormir dans ce lit de fortune ce soir-là, pelotonné contre sa valise. Jamais non plus il n'aurait imaginé l'absence de sa mère. Il préférait ce mot « d'absence » à l'autre, si définitif. Son passé demeurait claquemuré dans cette chaumière désormais sans vie. Pourquoi les Chavaroche ne l'avaient-ils pas réutilisée ? Il irait au cimetière, sa mère devait reposer auprès de son père.

Machinalement, il but le contenu de sa bouteille emplie à la fontaine, et chercha la position la plus confortable pour passer les longues heures qui le séparaient du lendemain. La nuit tarderait encore à venir, il était bien trop tôt pour s'endormir, mais que pouvait-il faire de cette foule de pensées qui l'oppressaient et enserraient sa poitrine d'un étau de chagrin… ?

2

Les premières lueurs du jour le firent ciller.

Il n'avait pas rêvé, c'était bien sur des planches et de la paille qu'il avait dormi.

Toujours immobile, il frissonna en respirant les premiers parfums du matin. Le silence appartenait aux oiseaux, aux merles qui se répondaient d'un feuillage à l'autre.

Soudain, il perçut une présence contre lui, et sous sa main un coussin frémissant et chaud. Il leva la nuque et découvrit un chat au pelage gris, pelotonné contre son flanc, en toute confiance. Au contact de la main de l'homme, le petit animal ouvrit les yeux, et l'éclat vert émeraude rencontra le sourire d'Antoine. Un ronronnement tendre répondit, et Antoine caressa le pelage soyeux, réconfortant. Il avait entendu de nombreuses histoires sur le sixième sens des chats, leur mystérieuse mission auprès des humains.

Le chat s'étira d'abord, de tout son long, esquissa une petite toilette urgente, puis se remit sur ses pattes et s'éloigna de quelques pas entre les herbes du jardin, avant de s'immobiliser pour vérifier si l'homme le suivait.

Antoine s'épousseta, se leva à son tour et entreprit de ranger l'appentis. Après un dernier regard aux arbres, à la maisonnette qui l'avait vu grandir, il prit le chemin de Fonterouge.

Sa hanche douloureuse lui donnait quelques soucis, décidément la paille ne valait pas un bon matelas.

Il s'éloignait de « la maison des pauvres », dans cette odeur de matin d'été, pleine de fraîcheur, qui ne tarderait pas à virer à la douceur caressante puis à la chaleur accablante de juillet. « Quel jour sommes-nous ? », se demanda-t-il. Dimanche... dimanche 20 juillet 1947. Après tout, un jour comme un autre pour des retrouvailles avec la famille. Il ne s'attendait certes pas à être bien reçu par Louis. Quant à Julia, elle lui offrirait certainement de quoi apaiser sa terrible fringale. Du côté de Jean-Jacques, tout pouvait advenir. Le pire ou le meilleur.

Antoine posa sa valise et se retourna. Pas de chat sur ses talons. D'un revers de main il tenta de défroisser sa veste de drap et son pantalon de toile. Sa chemise à carreaux avait elle aussi besoin d'un sérieux repassage après les pérégrinations du voyage et sa nuit à la belle étoile. Le neveu n'avait pas fière allure. Il haussa les épaules et se remit en route. Un kilomètre et demi ne représentait pas la mer à boire. Les brumes matinales avaient libéré la campagne et déjà la rosée luttait contre les rayons d'un soleil qui s'annonçait ardent.

Il avait pris le chemin le plus court, mais surtout le plus discret. Il avançait sur un vieux sentier lorsque les cloches de la paroisse sonnèrent l'Angélus. Antoine leva la tête : « À quelle heure sonne-t-il ? Six, sept ou huit heures ? À part celui de midi, je ne m'en souviens plus, et chaque église a son heure. »

Fonterouge, le petit hameau d'une seule ferme, se dissimulait dans un fouillis de verdure. Une maison d'habitation, une grange avec son étable en dessous, ses loges à cochons, un hangar et quelques abris en planches, voilà ce qui constituait la propriété des Vieillessente. Bien davantage, en vérité, que n'avaient jamais possédé ses parents dont le seul destin avait été de travailler chez les autres.

Antoine apercevait maintenant la maison, porte ouverte, le chien veillant sur le seuil. Ça caquetait de toutes parts, ici la vie n'avait pas déserté les lieux.

Soudain, sa tante apparut, il la reconnaissait bien, dans ses vêtements sombres qu'il lui avait toujours connus, il aurait même pu affirmer qu'elle n'en avait pas changé depuis... Elle se dirigea vers l'étable puis revint vers la maison en marmonnant.

Antoine se décida à franchir les quelques mètres qui le séparaient de la maison. Le chien aboya et Julia apparut instantanément sur le seuil, en s'essuyant les mains sur son tablier. Peu avenante, elle s'adressa brutalement à cet homme pour le moins surprenant, rassurée par la présence du chien.

– Que cherchez-vous, par ici ?

Antoine s'arrêta, l'air embarrassé, sa valise à la main.

– Vous venez pour la place ? Qui donc vous a informé ? reprit sa tante.

Il fallait répondre sous peine de paraître inconvenant...

– C'est-à-dire que, je ne sais pas si je pourrais...

– Et d'où venez-vous ? De loin sans doute avec cette

valise… Vous n'avez pas l'air vieux, c'est cette barbe qui…

D'une tape elle calma le chien. « Tais-toi, Bougre, il n'a pas le regard méchant cet homme », songea-t-elle. Elle vint le dévisager de plus près. Allait-elle le reconnaître ?

– Si on vous rencontrait la nuit par nos chemins, c'est sûr que vous nous feriez un peu peur…, ajouta-t-elle pour paraître plus courageuse qu'elle n'était.

– Vous n'avez rien à craindre, parce que…

– Entrez une minute. Vous êtes bien venu pour travailler, n'est-ce pas ? dit-elle, prise de compassion pour ce visage jeune, à peine visible sous la barbe.

– Pour tout vous dire, je boirai bien quelque chose, avoua Antoine en posant sa main sur son estomac.

– Avez-vous déjeuné au moins ?

– Non, je n'ai rien avalé depuis hier midi…

– Entrez et asseyez-vous. Mon mari est à l'étable, il ne saurait tarder.

Antoine obéit, et contempla discrètement le décor autour de lui. Oui, il la connaissait bien cette maison, et même… mais il demeura silencieux, les lèvres serrées sur son secret. Le chien, lui, le regardait curieusement, et Antoine se sentit surveillé.

Tandis que le café chauffait sur le fourneau, sa tante, d'un couteau agile, découpait une large tranche de pain qu'elle accompagnait d'un morceau de fromage de cantal, un de ces fameux fromages Salers à la croûte épaisse et fleurie.

– Mettez-vous donc à l'aise. On est assez bousculés en cette saison des foins et notre domestique a trouvé le moyen de s'ouvrir le mollet avec une faux. Ça tombe mal, et en plus la plaie s'est infectée, c'était pas beau à voir, il en a pour plus d'un mois, c'est sûr.

Antoine acquiesçait tout en mangeant, lorsque la silhouette de Louis Vieillessente se campa tout à coup sur le seuil de la pièce.

Julia intervint sur-le-champ :

– Cet homme est peut-être notre chance, Louis, il vient d'arriver et comme il n'a rien mangé depuis hier midi...

Louis regarda Antoine un court instant, puis, le ton neutre :

– Il n'y a donc pas de tondeur de crâne chez vous ?

Julia l'apaisa d'un geste. Antoine retrouvait en un instant le caractère abrupt de son oncle. Il n'avait pas changé, physiquement non plus, toujours aussi rond, contrairement à Julia. Il l'entendit expliquer du même ton rogue :

– J'ai besoin d'un domestique pour quelques semaines, peut-être un mois ou davantage, je ne sais pas au juste. Avez-vous déjà travaillé chez des paysans ?

Pour toute réponse, Antoine lui tendit ses larges paumes. Louis comprit, ces mains-là connaissaient la terre.

– Je vous prends à l'essai quelques jours. Vous êtes en règle avec les gendarmes au moins ?

Antoine le rassura d'un signe de tête. Marché conclu. Louis n'avait pas de temps à perdre, les foins attendaient. Depuis la fin de la guerre, il était difficile de trouver des ouvriers agricoles.

– Julia, prépare-lui un endroit pour dormir et ranger ses affaires, moi je descends au pré bas. Je vous y attends, lança Louis en quittant la pièce.

– Merci pour le casse-croûte, madame, ça m'a fait beaucoup de bien.

– Comment vous appelez-vous ?

– Antoine.

– Eh bien, Antoine, je vous préparerai un lit pour ce soir. Vous pouvez commencer tout de suite, on est en retard et vous savez pourquoi. Vous êtes tombé chez nous au bon moment, ça oui !

Embarrassé par sa valise et ne sachant où la poser, Antoine cherchait autour de lui.

– Posez-la contre le vaisselier, personne n'y touchera, nous ne sommes que tous les deux ici, hélas ! Nous avons bien un fils mais, au retour de la guerre, il a décidé de rejoindre la capitale pour gagner de l'argent. Depuis, il ne vient guère au pays, nous ne sommes plus assez bien pour lui. Bah ! Il gagne des sous pardi, mais allez savoir ce qu'il en fait ! Sa vie, c'est Paris, toujours Paris ! Voilà ce qu'il nous dit chaque fois que nous pouvons en parler.

Julia maîtrisait visiblement une colère profonde. Jean-Jacques avait donc déserté la ferme familiale !

Soudain Julia se tourna vers lui :

– Vous êtes de quelle classe ?

– J'ai vingt-sept ans, à quelques jours près.

– Je vous donnais plus, c'est… c'est votre barbe… et vos cheveux sans doute. À un an près, vous avez l'âge de notre Jean-Jacques, oui, à un an près.

– Je vais rejoindre votre mari, il doit m'attendre. Et pour ce soir, ne vous inquiétez pas, je dormirai dans la grange, je suis bien dans la paille.

Julia eut un mouvement de surprise. Puis :

– On a même oublié qu'aujourd'hui c'était

dimanche ; en ces temps des foins, on n'y prête plus guère attention, dit-elle pour s'excuser, en lui indiquant la direction du pré.

Antoine la remercia puis, en claudiquant, s'éloigna sur le sentier, la conscience troublée. « Dans quelle affaire me suis-je fourré..., pesta-t-il en silence. Pourquoi n'ai-je pas eu le courage de leur dire la vérité ? Bah, je leur rends service après tout, et pour les quelques jours à venir, j'aurai le gîte et le couvert. Je trouverai bien l'occasion de leur parler... Je ne suis pas chez des étrangers. »

À peine eut-il rejoint la parcelle que Louis Vieillessente le mettait au travail, et Antoine comprit qu'il subissait un examen de passage.

– Cette partie du pré est trop pentue pour la faucheuse, l'avertit Louis, il faut couper à la faux. Ça ira pour vous ?

– Prêtez-moi l'outil, nous allons essayer.

Antoine fixa le coffin à la ceinture, cala la faux de bonne manière contre lui et, d'une main alerte et sûre, en redressa le fil à l'aide de la pierre à aiguiser. La pierre chantait sur l'acier selon une partition ancestrale : Zingue-zangue ! Zingue-zangue ! Lorsque Antoine entama l'herbe, elle vacilla sous la lame, puis chuta net, tranchée d'une guillotine horizontale et précise. Louis l'observait. L'outil couchait les graminées, d'un mouvement de balancier régulier et parfait, déjà l'andin se formait à la gauche du faucheur. Vieillessente, l'œil heureux, songea avec satisfaction : « C'est bien l'homme qu'il me fallait ! »

Ainsi commença l'imprévu pour Antoine. Des

instants auxquels rien ne l'avait préparé, et dont il ne pouvait que suivre le mystérieux ordonnancement.

L'angélus de midi commanda le retour vers la soupe. Les deux hommes, côte à côte, remontèrent du pré sans échanger un mot.

Le soleil brûlait la sueur de leurs épaules, leur gorge desséchée.

Julia les attendait.

Antoine lui répéta en souriant :

– Ne vous inquiétez pas, madame, je saurai dormir dans la grange, la paille me suffira, on n'est pas en plein hiver.

– Bon, opina Julia. D'accord pour cette nuit, avec tout ce foin à rentrer le temps me manque, mais demain je promets que vous aurez un lit et des draps.

Du coin de l'œil, Louis observait son nouvel employé : il se tenait à table comme un vrai paysan. Ce ne serait donc pas compliqué entre eux… Comme lui, Antoine n'était pas bavard. Et puis, il avait l'air de savoir qu'on ne converse pas à la table du patron.

Lorsque le couteau de Louis claqua, Antoine se leva.

– On s'accorde toujours une heure de sieste pendant les grosses chaleurs, annonça le maître.

– Je vais aller dans la grange et me changer, je n'ai pas pris le temps ce matin.

Julia acquiesça d'un hochement de tête et s'en voulut aussitôt de n'y avoir pas pensé… Bien sûr que le pauvre aurait dû changer de vêtements…

Demeurés seuls, les Vieillessente se consultèrent d'abord du regard.

– Ce gars est bizarre, mais il sait faucher… Je ne lui ai rien demandé, j'aimerais bien savoir d'où il vient. Il connaît la terre, ça c'est sûr.

– Moi aussi il m'intrigue… Une chance qu'il se soit présenté en ce moment. Je vais lui préparer le lit de la remise, elle donne sur le dehors, c'est peut-être mieux pour lui. Je ne peux pas lui donner la chambre de Jean-Jacques, on ne le connaît pas.

Le visage de Louis se ferma soudain.

– On ne sait même pas s'il reviendra, le Parisien ! Ce fichu Parisien qui se moque bien de nous à présent. Ses sous l'empêchent de se souvenir, il a peur de marcher dans une bouse de vache !

– Calme-toi, Louis, il économise, j'en suis sûre. Quand il reprendra la ferme, il la modernisera, tu verras, je sais bien comment il est, ce petit.

Louis ne releva pas. Il hocha lentement la tête, puis repoussa sa chaise.

– Mouais… Espérons qu'il ne sera pas trop tard, les habitudes sont vite prises, surtout les mauvaises. Je vais faire un somme. Il va falloir faner et tout rentrer ce soir, profiter du beau temps. Où est passé le chien ?

– Il a suivi Antoine.

Louis sortit de la salle, la nuque voûtée.

Julia laissa filer un long soupir. Leur Jean-Jacques, décidément, ne leur apporterait pas une vieillesse heureuse… Elle aurait aimé en ces jours d'ouvrage pouvoir se reposer sur lui, sur une bru… et savoir que tout continuerait à tourner. Au lieu de ça…

Elle se leva à son tour. La vaisselle l'attendait. Sa sieste à elle.

Dans la grange, Antoine ouvrait sa valise : un pantalon, une chemise, quelques sous-vêtements, deux paires de chaussettes, un gros tricot – signe distinctif de l'Auvergnat –, une espèce de veste dont on aurait coupé les manches, ainsi qu'un nécessaire de toilette plutôt succinct, rasoir et savon. Et puis, pliés dans un journal, des papiers. Toute sa richesse était là, dans cette valise. Il en rabattit le couvercle et haussa les épaules. Fataliste.

Il confectionna un matelas de paille, se dévêtit à demi et s'étendit dans l'odeur chaude. Il ne sentit pas venir le sommeil. La fatigue le bascula d'un coup dans sa nuit, sous la voûte des grosses poutres. C'était la seule époque de l'année où la grange était vide, presque propre, débarrassée et balayée, en attente de la récolte neuve. Seules quelques bottes de paille traînaient encore dans un coin. Assez pour un matelas de fortune.

Le long du mur, aménagées dans le plancher, les trappes ouvertes au-dessus des râteliers de l'étable resteraient dégagées lors de l'engrangement du foin. Tout cela était si familier à Antoine, il connaissait si bien les lieux, il avait si souvent joué ici avec son cousin Jean-Jacques, au temps de leur enfance… Une fraction de seconde, cependant qu'il se nichait dans la paille, il était redevenu enfant et le visage de sa mère lui avait souri. « Ma pauvre mère… Je viendrai te parler au cimetière, j'ai tant de choses importantes à te dire, j'étais venu pour te les annoncer. Je n'ai plus rien, seulement des souvenirs. Tu étais le seul lien qui m'a poussé à revenir. Mais trop tard… Combien tu as dû souffrir par ma faute… Me pardonneras-tu jamais ? »

C'est à ce moment qu'il avait repéré le chien à son

côté, comme le chat le matin même, et qui le regardait.

Juste avant que le sommeil ne s'abatte sur sa fatigue.

Râteau en main, Julia, Louis et Antoine soulevaient le foin d'un geste régulier, et dans l'envol de la poussière, des milliers d'insectes chassés de leur territoire formaient un nuage puis revenaient à la charge. On ne parlait pas, on luttait pour gagner du temps, un œil sur le soleil, un autre sur les bêtes dans le pré voisin. L'herbe volait parfois en libérant l'odeur forte et chaude du nouvel été.

Julia avait plongé dans la fontaine une bouteille de vin, tout près du casse-croûte.

Bougre se tenait prudemment à l'ombre d'un vieil arbre écorcé, meurtri par les barbelés, et qui n'était plus qu'un support aux haies champêtres. Antoine aurait aimé parler de ce qu'il avait appris ailleurs, discuter des différences, mais rien pour le moment ne l'y autorisait. Plus tard, oui, plus tard il leur dirait…

La pause fut la bienvenue, et tous s'empressèrent autour de la fontaine. Julia s'éventait avec son drôle de chapeau de paille déformé, maculé de taches de transpiration et de pluie. Louis ne quittait que rarement son béret.

– N'avez-vous pas trop chaud, Antoine ? demanda-t-il. À votre âge, je travaillais torse nu !

Antoine sourit et, d'un geste de la main, lui signifia qu'il avait sûrement raison. Quant à lui…

Il but une gorgée. Le vin frais avait pour lui une saveur toute particulière.

– Votre vin est fameux, s'exclama-t-il. Oui, fameux !

– Avec ces coquins de marchands, on n'est jamais sûr de rien, mais il est vrai que celui-là se laisse boire...

– Un peu trop, ajouta Julia en souriant vers son époux. Servez-vous du salé, la soirée sera longue, il faut tourner encore une fois avant de rentrer.

Antoine aurait voulu expliquer combien ce pain, et aussi ce petit salé, combien les nourritures simples de son pays lui avaient manqué.

Julia ne put s'empêcher de remarquer :

– Ce qui me surprend, c'est que notre chien ne vous quitte pas d'une semelle, c'est bien la première fois que je vois ça.

– Il sait que je ne lui veux aucun mal, les bêtes le sentent, croyez-moi...

Elle lui sourit sans répondre.

Le travail reprit. Antoine faillit se trahir par une observation concernant les terres voisines et parvint à se retenir in extremis.

Les râteaux reprirent du service, les andins se formaient comme une laine cardée, gonflée d'une vie encore fraîche.

Louis s'éclipsa pour équiper un attelage, les deux autres ne perdaient pas une seconde. « Toujours aussi dure au travail », pensait Antoine en observant sa tante Julia, petite tache sombre dans le tableau vert amande de la campagne.

L'ombre des haies se déplaçait, s'allongeait, s'étirait doucement. On chargeait maintenant le char à grosses fourchées hissées vers Julia qui s'en emparait à pleins bras, les tassait en construisant et consolidant le chargement de main de maître. Chacun se démenait et enfin, ils placèrent la longue perche, aussi longue que le char, sur le sommet du foin qu'ils fixèrent à l'aide de cordes tendues de toutes leurs forces. Alors, les bœufs prirent le chemin de la grange, conduits par Louis qui surveillait l'encombrement de l'ensemble, trop large parfois entre les haies qui accrochaient des touffes d'herbe au passage.

Sur le pré, Julia et Antoine rassemblaient encore ce qui devait l'être, pas un brin ne devait rester sur le tapis vert tondu de près.

Bientôt, Louis revint pour le deuxième chargement. Les bœufs soufflaient, les yeux et les naseaux envahis de mouches et le reste du corps harcelé par les taons, vigoureux en cette saison. Antoine se dit que tout ici était à sa place, hommes et bêtes dans leur nature... Malgré la fatigue, il ne souffrait en rien de ces travaux réputés pénibles. Sa souffrance était ailleurs...

Lorsque tout fut rentré, il s'occupa des bêtes plus tard que de coutume. La traite restait à faire.

Au soir de cette première journée, Antoine songea qu'elle avait été bien remplie. Quand il eut rejoint sa couche de paille, il laissa échapper un soupir de soulagement. Il pouvait enfin se replonger dans ses pensées, vers le but qui était le sien et qui avait motivé son retour.

Tout naturellement, l'image de sa mère lui apparut, comme au jour de son départ, là, devant la porte de sa maison, lui rabâchant mille conseils. « Ma pauvre mère, tu n'auras pas été longtemps heureuse, je m'en rends compte aujourd'hui. Rassure-toi, j'ai changé. Demain, je viendrai au cimetière, oui, pendant l'heure de la sieste pour ne pas perdre de temps chez ta sœur Julia.

Ils n'ont guère changé ces deux-là, eux non plus ne sont pas très heureux du comportement de Jean-Jacques, ça m'a surpris qu'il soit parti à Paris. Faut dire que moi aussi je suis parti, et ce n'est pas mieux. Tu sais peut-être tout, déjà. Peut-être me pardonneras-tu ? J'étais une tête brûlée, c'est vrai, comme disaient les gens du pays. Depuis la mort de mon père, je ne me suis pas bien conduit… Et aujourd'hui je ne sais pas comment me sortir de la situation dans laquelle je me suis encore fourré. Avec Julia, ça pourrait s'arranger, mais avec le Louis… Toi tu as bien connu ses colères. Alors laissons faire, nous verrons bien d'ici quelques jours… »

Et Antoine, Bougre couché contre son flanc, oublia soudain le jour et l'heure…

3

Le lendemain, comme convenu avec sa conscience, Antoine Coupière prit le chemin du cimetière de Saint-Santin-les-Roses dont dépendaient les hameaux alentour, tant Esquiral que Fonterouge. Il lui tardait d'y parvenir, et son pas s'accélérait, trahissant l'urgence de ce rendez-vous du trop-tard.

Il avait demandé à Julia de retenir son chien. Vêtu de sa veste, il traversait maintenant son village, laissant de côté sa crainte des rencontres. Mais sous son masque de barbe et ses cheveux longs il se cachait encore, sachant toutefois que, tôt ou tard, il serait découvert.

Peu de choses avaient changé ici. La boulangerie accolée à son fournil, avec sa vitrine si discrète qu'on eût dit qu'elle se cachait. Non loin, la boucherie-charcuterie peinte en rouge agressif, et à quelques mètres de là, toujours la même épicerie. Derrière la même caisse, la même femme imposante qui ne quittait jamais sa boutique et surveillait la rue, la porte grande ouverte. En passant tout près, Antoine reconnut les odeurs d'épices, de condiments, de café et de sucreries qui l'attiraient autrefois lorsqu'il pouvait décider sa mère, ou plus loin dans le temps sa grand-mère, à ouvrir leur porte-monnaie et permettre l'achat d'un caramel ou d'un rouleau noir de réglisse avec sa minuscule bille de couleur au milieu. Sur la petite place, se dressait l'église romane où, une éternité plus tôt, il avait été enfant de chœur auprès du curé Boussal, Armand Boussal. Était-il toujours de ce monde ? Si oui, il le rencontrerait pour lui dire à lui aussi… Il s'en fit la promesse.

Antoine reconnaissait une à une les maisons, les cours, et même la forme des jardins qui n'avaient pas changé. Seuls les habitants semblaient absents en cette heure de la sieste, quand les grosses chaleurs de juillet les retenaient derrière les volets clos. Ceux de la petite couturière étaient également tirés. Mademoiselle Vinaleau, une petite bonne femme très habile, habitait ici, dans la maison héritée de ses parents. Et il se souvint qu'avec quelques garnements de son espèce, il n'avait pas été le dernier à se moquer de la pauvre femme, de sa petite taille et de son chignon qu'elle relevait bien haut pour gagner quelques centimètres. « Nous n'étions vraiment pas malins, pensa-t-il en hochant la tête, navré. Et dire que l'on se moquait même de son nom : Vinaleau… jusqu'à répandre le bruit qu'elle ne coupait jamais son vin d'eau… »

Sur sa gauche, une vaste bâtisse s'imposa tout à coup : le domaine du notaire maître De Laleuze. À cette époque il ne sortait guère de ses murs, et ses trois filles étudiaient dans des « écoles spéciales » inaccessibles au commun des mortels, c'est-à-dire aux gens modestes. Bref, des « notables » proches du curé Boussal et qui avaient leur place à l'église et leurs chaises numérotées.

Antoine sourit à son souvenir, à quelque douce pensée qui avait visage d'ange.

Le chemin du cimetière commençait ici, juste après la maison du notaire. À une centaine de mètres plus loin, un hangar, celui du charpentier Jules Moissaque, avait traversé le temps, avec ses tas de bois et sa scierie près de la petite colline de sciure. Derrière l'immense haie vive, leur habitation, une maison devenue triste, privée des fleurs d'autrefois, des magnifiques massifs de roses. Aujourd'hui, elle se dissimulait comme on enfonce sa tête au creux des épaules. À côté, la petite propriété du carrier-tailleur de pierre, cachée par d'énormes blocs de granit extraits de la carrière voisine – la tranchée 42, c'est ainsi qu'on l'appelait – avec lesquels il fabriquait aussi des monuments funéraires. Son fils avait le même âge qu'Antoine. Sous un abri de tôles, l'homme se tenait au travail et le bruit du maillet sur le burin ne laissait aucun doute. Point de sieste pour Jean Delchère. Instinctivement, Antoine ralentit le pas devant l'artisan aux cheveux blancs, aux vêtements poussiéreux. L'homme s'en aperçut. Il suspendit son geste régulier et dévisagea Antoine, cette figure de sauvage qui le regardait avec attention.

– Vous cherchez quelque chose ? demanda-t-il.

– Non, je passais... Vous devez avoir sacrément chaud par cette heure, n'avez-vous pas droit à la sieste comme tant d'autres ?

Le tailleur de pierre eut une moue désabusée :

– J'aurai l'éternité pour me reposer. En attendant, je n'ai que ce plaisir-là, celui de travailler.

Il y avait une telle tristesse dans son regard que Antoine se sentit mal à l'aise. Il le salua de la main puis reprit son chemin, sans s'apercevoir que l'homme ne le quittait pas des yeux.

Un mur de pierres sèches annonçait l'enclos du cimetière, un mur qui renvoyait la chaleur au visage, un mur qu'on eût dit fatigué sous le poids du temps et des saisons qui voyaient se succéder les hommes.

Le portail de fer, bien qu'il ne grinçât pas, se faisait prier pour obéir à la main d'Antoine qui dut insister et cette résistance troubla sa pensée. Ce gardien des lieux marquait-il son hostilité ?

L'entrée enfin franchie, il prit à droite, puis la deuxième allée sur sa gauche. D'un pas lent, il passa devant les tombes, avant de trouver la concession où il avait accompagné pour la dernière fois sa grand-mère et son père. Aujourd'hui, sous cette terre chaude de soleil, dormait celle qu'il était venue revoir, Marguerite Coupière, Sa mère. Une tombe bien ordinaire, propre mais si modeste. Posée au centre, une couronne de fleurs en minuscules et tristes perles de verres portait une inscription en lettres métalliques déjà déformées par les saisons : À MA CHÈRE SŒUR MARGUERITE. « Ma pauvre maman, me pardonneras-tu jamais ? Pourquoi ne m'as-tu pas attendu ? » Immobile dans le silence brûlant, la poitrine secouée par des sanglots qu'il étouffait dans son mouchoir, Antoine ne pouvait détacher les yeux de ce carré de terre. Il s'était promis de dire tant de choses à sa mère, tout d'abord lui expliquer les raisons de cette longue absence qui avait suivi la fin de la guerre, pourquoi il n'était pas revenu ici, au pays. Mais aucun mot ne venait à ses lèvres et son cœur en souffrait. Il se pencha pour écarter une pierre du petit carré de terre, d'un geste tendre et délicat. Tout près de lui, un gros lézard le fixait, et l'on pouvait compter les battements de son cœur sous la peau. Un léger vent chaud caressa les épaules du jeune homme et souleva ses cheveux lorsqu'il se pencha vers la terre. « Je t'aime, maman, c'est absurde de te dire ça aujourd'hui alors que je ne te l'ai jamais avoué, je le sais. J'ai tellement pensé à toi, je me sens tellement coupable de tout ce qui s'est passé. Je n'ai jamais été facile, ni très aimant. La jeunesse nous rend aveugles et sourds à l'amour des adultes. Mon père était mort depuis quatre ans quand je suis parti à la guerre. Quatre années de malheur pour nous, pour moi. Nous étions devenus les pauvres qu'on loge par pitié. Et cette pitié me rendait fou. Depuis, j'ai compris que c'était pour nous faire taire. Pour que nous gardions le silence sur les circonstances de l'accident. J'étais trop orgueilleux pour comprendre quoi que ce soit, pour comprendre ta propre souffrance… »

Antoine leva la tête, une ombre se faufilait dans l'allée voisine. Il se redressa. « Je reviendrai, maman… » Il caressa une dernière fois la pierre du bout des doigts, puis suivit l'allée et s'éloigna, le pas discret dans le silence écrasé de lumière.

Il tira le portail de fer qui lui brûla les mains.

Quand il passa à nouveau devant le tailleur de pierre, celui-ci lui adressa un léger signe de la main, le premier geste amical de son pays. L'avait-il reconnu ?

Tout en marchant, Antoine observait l'état des prairies, des champs de blé, des cultures en général. Les moissons seraient belles et les fenaisons ne tarderaient pas à se terminer. Qu'allait-il donc décider ? Partir ?

Rester ? Se faire connaître ? Cet anonymat qu'il n'avait pas vraiment choisi lui pesait.

Dimanche 27 juillet.

Une semaine s'était écoulée depuis sa confidence au cimetière. Un matin, alors qu'il sortait de la ferme de Louis et Julia, il croisa deux garçons.

– C'est donc vous le remplaçant du domestique des Vieillessente ? demanda l'un d'eux. Nous vous avons rencontré à la maison des pauvres, vous vous souvenez ?

Antoine les regarda avec plus d'attention.

– Oui, j'arrivais tout juste, et je passais là tout à fait par hasard...

Les deux garçons échangèrent un regard, et en souriant ils s'éloignèrent. Antoine demeura quelques instants perplexe. Derrière lui, silencieuse, Julia en faisait autant.

Le foin enfin rentré, bien à l'abri, déjà les moissons s'annonçaient.

Julia, qu'un détail intriguait depuis le passage des jeunes garçons, profita d'un moment de liberté pour questionner Antoine en l'absence de Louis.

– Dites-moi, Antoine. Comment se fait-il que vous soyez passé à la petite maison, celle qu'on appelait la maison des pauvres, dont parlaient les jeunes l'autre jour ?

– Par hasard, tout simplement.

– Je les ai revus depuis, et ils m'ont expliqué que cette maison semblait beaucoup vous intéresser.

N'obtenant aucune réponse, elle soupira :

– Ma sœur habitait là-bas, voyez-vous. Avec son fils qui s'appelait comme vous, d'ailleurs. Mais le malheur s'est abattu sur eux. D'abord le père, dans un accident à la ferme d'à côté, et puis le fils qui est mort à la guerre, en Allemagne. Ma pauvre sœur n'y a pas survécu. Cette guerre a fait tant de mal ! Cinq de nos jeunes du pays ne sont pas revenus. Notre Jean-Jacques, lui, a eu de la chance. Et puis il est parti à Paris ! Le village n'est plus le même désormais, pourtant il faut bien continuer à vivre…

– La guerre est terrible partout où elle passe. J'en ai eu ma part en tant que prisonnier.

Julia le regardait intensément, et ne put s'empêcher d'ajouter :

– Vous au moins, vous en êtes revenu, ce n'est pas comme tant d'autres. Heureusement qu'il y a eu la Résistance pour nous tirer de là…

Puis elle se tut, consciente soudain de sa maladresse. Les affaires de résistants, de maquisards et de miliciens avaient mis en danger bien des familles et plombé bien des relations entre parents et voisins depuis des années.

Antoine voulut fuir le sujet, il s'éloigna quelque peu de Julia et la douleur de sa hanche se réveilla comme une annonce des problèmes futurs.

Ce soir-là, quand il s'étendit dans son lit garni de draps dignes de ce nom, il culpabilisa. Julia lui avait aménagé un lieu agréable même si une paillasse garnie de feuilles de maïs remplaçait le matelas traditionnel. Il n'avait pas à se plaindre et ne se plaignait pas. Quelques voisins des champs le saluaient, même si son allure les intriguait encore… Mais lui mentait à tout le monde. Vivre chez des parents comme un étranger lui devenait insupportable. Il lui fallait s'armer de courage et tout avouer. Et le plus tôt serait le mieux, advienne que pourra.

Le sommeil tarda à venir, cependant qu'une question s'installait dans son engourdissement : qui étaient ceux qui n'étaient pas revenus ? Lesquels de ses amis d'enfance ? Quels visages la guerre avait-elle fauchés ?

Un journal acheté le matin même indiquait la date du 31 juillet.

Lors du repas de midi, Antoine demanda s'il devait rester pour les moissons.

– Jusqu'après les battages, ce ne serait pas si mal, dit Louis sans le regarder en face.

Après quelques minutes de silence, Antoine répondit :

– Jusque vers la fin août si ça vous convient. Après, je devrai partir…

Les yeux des Vieillessente se posèrent sur le visage d'Antoine. Les mots : « je dois partir », dits fermement, semblèrent éveiller en eux quelque souvenir douloureux.

– C'est entendu, grogna Louis. Une bonne semaine pour moissonner plus le temps d'avoir la batteuse… Je vais m'organiser, d'autant plus que je dois des jours à ceux qui nous donnent la main, une huitaine à peu près. Ça ne vous gênera pas d'aller travailler chez les voisins ?

Antoine haussa une épaule.

– Pas du tout.

– Heureusement qu'on vous a trouvé, qu'aurions-nous fait sans vous ? ajouta Julia.

– Il y a autre chose, se lança Antoine. Ce soir il faut qu'on parle…

– Ah, vous avez besoin de quelques sous, pardi, c'est bien compréhensible.

– Ce n'est pas ça qui m'inquiète, j'ai des choses à vous dire, bien plus importantes, croyez-moi…

Les Vieillessente s'étaient immobilisés. Dans leur regard, Antoine lut de la peur.

Dès qu'il fut sorti de la maison, Julia dit à son homme :

– Que crois-tu qu'il nous mijote ? C'est vrai qu'à part travailler, il ne nous parle guère de lui, et quand je pense qu'il a été prisonnier…

– Bah ! C'est pas un méchant homme, ne crains rien.

Et au plus fort de la chaleur, alors que Louis s'accordait sa sieste habituelle, Antoine disparut, accompagné cette fois de Bougre. Heure inhabituelle pour une visite au cimetière, mais la seule où l'on ne rencontre personne.

Le carrier travaillait toujours. Antoine le salua et l'homme lui lança :

– C'est bien Bougre qui vous accompagne, n'est-ce pas ?

Antoine acquiesça d'un sourire.

– Quand vous repasserez, reprit l'homme, arrêtez-vous donc une minute, je vous attends…

D'un hochement de tête, Antoine accepta. Il connaissait bien cette famille, sa femme, son fils François, l'ami d'enfance, mais il voulait encore garder le secret.

Devant le portail du cimetière, Antoine flatta le cou du chien.

– Toi, tu m'attends ici, tu ne rentres pas, ce n'est pas fait pour les bêtes.

Bougre s'assit à l'ombre du mur. En position d'attente.

Antoine rejoignit la tombe de sa mère d'un pas pressé. Il posa la main sur la pierre.

– Les choses se compliquent, murmura-t-il. Ce soir je leur annoncerai qui je suis, ta sœur et Louis doivent savoir, maman. On me regarde étrangement, mais je ne suis pas un vagabond. Le pire, c'est que j'ignore tout des événements de la guerre, et je ne peux rien demander, je ne peux poser aucune question. Ce qu'il s'est passé ici, et même en France, mis à part ce que les camarades m'ont raconté quand on était prisonniers, je n'en sais rien, maman. Rien. Comment me faire comprendre ? En tout cas, ce soir je redeviendrai Antoine Coupière. Si les Vieillessente ne changent pas d'idée, j'ai du travail jusqu'à fin août. Que crois-tu qu'ils décideront lorsqu'ils sauront ? Avant de repartir je te dirai où j'étais et pourquoi je ne suis pas revenu, maman. Je voulais te l'expliquer, et bien d'autres choses aussi, en espérant te retrouver dans la petite maison, au service des Chavaroche. Je pensais qu'ils te logeaient toujours en contrepartie de ton travail, comme ils l'avaient promis depuis que papa… Ce n'était pas si mal après tout… que serions-nous devenus sans cette chaumière et son cantou, ce coin du feu auquel j'ai tant de fois pensé pendant et après cette foutue guerre ? Tante Julia venait nous rendre visite et Louis criait après moi, t'en souviens-tu ? « Sale garnement ! disait-il, tu vas tuer ta mère de chagrin... ! » (Antoine leva les yeux vers le soleil.) Je dois m'arrêter chez M. Delchère, il m'attend, je me demande bien pourquoi...

La sueur perlait sur son visage. Il s'épongea d'un geste lent, effleura la pierre du bout des doigts, puis s'en retourna lentement vers le portail.

Bougre leva le museau, s'étira, avant de suivre l'homme.

À l'approche de l'atelier du carrier, Antoine ralentit le pas. Le chien le précéda, à la rencontre de l'ouvrier qui, burin et maillet en main, l'attendait.

– Venez prendre quelque chose de frais, lança-t-il. On n'a pas idée d'aller dans un cimetière en pleine chaleur.

Antoine prit la chaise qu'on lui présentait, et s'assit avec un soupir d'aise.

– Juliette, appela M. Delchère, porte-nous de quoi nous rafraîchir.

C'était bien la Juliette qu'Antoine connaissait, mais comme habillée de tristesse, mue par des gestes lents et mécaniques.

– Tout se passe pour le mieux chez les Vieillessente ? Vous leur rendez un fier service, avec l'accident de leur domcstique...

Antoine hocha la tête, silencieux, pressentant d'autres questions. Ils trinquèrent avec de l'eau fraîche teintée de sirop maison. Puis le maître des pierres, n'y tenant plus :

– Je crois bien que je vous connais malgré votre accoutrement. Oui, mon gars, je crois savoir qui tu es, je reconnais tes yeux, ton regard.

Ce tutoiement soudain piqua Antoine. L'homme

l'observait, avec une sorte de complicité, sans agressivité.

– Ne serais-tu pas Antoine Coupière ?

Antoine acquiesça vivement. À quoi bon nier à présent ? Il était soulagé que quelqu'un le reconnût enfin.

– À ta première visite au cimetière, Juliette a observé où tu allais. Et lorsqu'elle me l'a dit, j'ai compris que ce ne pouvait être que toi, Antoine. Ici, personne ne le sait encore, pas vrai ?

– Ça ne saurait tarder, rassurez-vous ; demain ou après-demain, tout le village le saura et c'est mieux ainsi. Où est François, je ne l'ai pas vu ?

Jean Delchère baissa la tête et sa femme disparut vers la cuisine. Antoine comprit aussitôt. Avec un pincement de cœur.

– Mon pauvre Antoine, François est mort en Allemagne en 1943, au stalag 7, c'est tout ce que j'ai pu savoir, pendant qu'il était prisonnier comme toi. Il n'a pas eu de chance, lui. Mais toi, depuis la fin de la guerre, où étais-tu donc passé ? Tout le monde t'a cru mort...

– Je... n'ai pas su pour François, aucun courrier ne m'est parvenu. Je ne suis pas rentré parce que... enfin...

– On ne sait même pas comment François est mort, mais il est mort. Et depuis, sa mère et moi nous vivons dans le souvenir, et c'est bien pénible. Comme tu peux voir, je travaille sans arrêt, pour m'empêcher de penser.

– François était mon ami, on en a fait de belles... tous les deux ! Je ne l'oublierai jamais.

– Sa tombe est sur la droite, l'avant-dernière. Tu

pourras aller la voir si tu veux. Ils nous l'ont rendu, on a eu cette chance…

Juliette revenait, les yeux rouges.

– As-tu été prévenu pour ta mère ? demanda-t-elle.

– Non. Depuis sept ans que j'ai quitté la maison, je suis sans nouvelles de personne. Je vous raconterai peut-être, un jour…

Juliette hocha la tête, mais son regard continuait de s'étonner.

Antoine finit son verre, remercia chaleureusement Jean Delchère, embrassa Juliette et lui glissa à l'oreille :

– Pardon !

Ni Juliette ni son mari ne comprirent le message. Ils se contentèrent de regarder Antoine et son chien qui s'éloignaient tous deux sur le chemin sec, chaud à en traverser les semelles. « Pauvre garçon ! » pensèrent-ils.

Antoine ne jeta pas le moindre regard vers la boulangerie ni vers la boucherie rouge. Il ne chercha pas l'épicière derrière sa caisse, ignora l'église, oublia le nom de la couturière et haussa les épaules face à la maison du notaire. Il se hâtait vers Fonterouge, il s'en voulait d'être en retard, du travail l'attendait, ses patrons du moment aussi. Il s'en voulait d'avoir été en retard, tellement en retard, depuis toujours.

4

Au cours du repas Julia ne cacha pas sa nervosité. Chacun de ses gestes était maladroit. Louis, le béret vissé sur la tête – comme toujours – ne montrait pas son impatience. Le patron se devait de demeurer stoïque en toutes occasions. Et puis, que pouvait donc leur annoncer Antoine de si important ? En tout cas, rien qui puisse lui couper l'appétit.

À la fin du repas, lorsque Julia eut débarrassé la table et balayé les miettes d'un revers de main, Louis s'adressa à Antoine avec cet air de n'être surpris de rien.

– Alors, Antoine, vous aviez quelque chose à nous annoncer ce soir, non ? Peut-on savoir de quoi il s'agit ? Julia se torture depuis ce matin…

Antoine scruta les deux visages anxieux. Il l'était lui aussi, pour des raisons différentes.

– Sans doute vous allez être surpris…

– Parlez donc ! Vous n'avez pas tué quelqu'un au moins ? s'écria Julia.

Antoine sourit malgré lui.

– Non, rassurez-vous. Mais vous ignorez… que je ne suis pas un étranger. Je suis de votre famille.

Julia et Louis se consultèrent du regard, puis cherchèrent à nouveau un indice sur le visage d'Antoine.

Un lourd silence s'était installé, et Bougre se dressa, inquiet.

Antoine les rassura de la main.

– Vous ne m'avez pas laissé le temps de vous le dire lors de mon arrivée. Vous étiez pressés de trouver des bras pour vous aider, et après… les jours ont passé.

– Ça n'empêchait pas de nous le dire tout de même, assena Julia. Louis, je commence à avoir peur…

– Vous ne devriez pas avoir peur de moi, votre neveu.

Louis se redressa d'un coup.

– Nom de Dieu ! Tu serais Antoine, le fils de Marguerite ?

– Vous n'avez pas d'autre neveu, je crois.

– Antoine ! balbutia Julia. Ce n'est pas possible, mais d'où sors-tu ? On te croyait mort et ta pauvre mère aussi ! Surtout ta pauvre mère !

– Prouve-moi que tu es mon neveu ! hurla Louis en jaillissant de sa chaise. Et pourquoi cette mascarade ? Pourquoi ce déguisement ?

Antoine s'attendait à une réaction de ce genre. Pourtant son cœur se serra.

– Mon père est mort l'année de mes quatorze ans dans un accident à la ferme des Chavaroche. Ils nous ont logés dans cette pauvre maison en contrepartie du travail de ma mère et du mien, qui ne leur rapportait rien, disaient-ils. Mon père me manquait tellement, et vous, oui, surtout vous mon oncle, vous ne m'avez guère soutenu à cette époque…

– Bon Dieu ! Tu te comportais comme un vaurien, tu n'écoutais personne ! cracha Louis qu'un flot d'images anciennes assaillait. J'avais même voulu te prendre avec moi pour te dresser au travail, mais tu as supplié ta mère et elle a cédé, elle t'a gardé malgré tout.

– Louis ! Ne hurle pas ! intervint Julia d'une voix contenue. Il n'a plus personne aujourd'hui. Mon Dieu, quel choc, et ta pauvre mère... quand j'y pense...

– Pourquoi as-tu cette allure ? ne put s'empêcher de répéter Louis.

– Je vous le dirai, mon oncle, mais plus tard. Je suis revenu pour revoir ma mère, je ne savais pas... Le premier soir, je me suis rendu à la « maison des pauvres ». J'ai dormi là-bas, sous l'abri. Le lendemain, je suis venu chez vous, et vous attendiez quelqu'un pour travailler, voilà toute l'histoire.

Louis repoussa sa chaise et d'un pas mal assuré se dirigea vers le haut buffet. Il en revint avec une bouteille et deux verres. Julia cachait son visage dans ses mains, pétrifiée par l'émotion. Louis posa les verres sur la table et versa le vin. Puis il se rassit lourdement. Antoine se mit à parler, très doucement, comme s'il racontait à un enfant.

– Les derniers mois de la guerre, nous avons été pris sous un bombardement. Quelqu'un m'a sauvé la vie, m'a emporté pour ne pas que je meure parmi les corps de mes camarades. Eux ils étaient tous morts. Je n'ai su tout ça que plus tard, bien plus tard.

– Mon pauvre Antoine, coupa Julia en se levant à son tour. Mon pauvre Antoine, quand Jean-Jacques saura...

Elle vint le serrer dans ses bras, maladroitement.

Antoine se tourna vers Louis :

– Avez-vous toujours cette énorme cicatrice sur le côté droit ? Elle vous tourmentait à chaque changement de temps... Je la vois encore.

– Ça me donne soif toute cette histoire, répondit Louis, les yeux embués, saisissant son verre et en le choquant contre celui de son neveu. Maintenant je le crois que tu es Antoine Coupière. Ça me retourne les tripes...

Julia alla chercher un verre, l'emplit et but à son tour. Puis, le souffle court :

– Je te raconterai pour ta mère, mais peut-être que tu ne veux plus rester chez nous à présent ?

Antoine trinqua avec elle.

– Je resterai comme je vous l'ai promis, ma tante.

– Pour les gens, comment va-t-on faire ? Tu veux qu'on leur dise ?

– Bien sûr. D'ailleurs je leur dirai moi-même. On ne peut pas vivre ainsi, je regrette de ne pas l'avoir avoué dès le premier jour...

– Tout de même, ce silence tout ce temps !

– Je vais me rattraper, mon oncle. Maintenant je vais pouvoir parler, demander les noms de ceux qui ne sont pas revenus, revoir leur famille. Racontez-moi tout ce qui s'est passé, je veux tellement savoir... J'ai été fait prisonnier parmi les premiers, j'ignore tout ou presque des événements qui ont bouleversé le pays. J'ai appris aujourd'hui que François Delchère n'était pas revenu. En me rendant au cimetière j'ai rencontré son père, il m'a reconnu tout de suite.

– Ils ont eu bien du malheur, les pauvres.

– Et les autres ? qui encore n'est pas rentré de cette saloperie de guerre ?

Les Vieillessente, émus bien plus qu'ils ne voulaient le laisser paraître, se regardaient pour savoir lequel des deux parlerait le premier.

– Tu vas être affligé d'apprendre tout ça, mais c'est vrai, dis donc, tu as l'air de tomber des nues.

– Louis ! rectifia Julia, le visage sévère.

– Bon… Tout d'abord, le fils Moissaque, le Daniel, il est mort dans des camps. Pour François Delchère, tu le sais déjà.

Antoine écoutait, en silence, sous le regard de Julia qui épiait ses réactions.

– Te souviens-tu de celui qu'on appelait le clown ? Le petit des Laborie ? Le pauvre Julien s'est fait tuer en Angleterre, une drôle d'histoire si l'on peut dire. Il avait voulu rejoindre le général à tout prix dès que celui-ci a lancé son appel. Il était un peu plus jeune que toi.

– Julien aussi, gémit Antoine. Quelle putain d'affaire cette guerre…

– Et Maurice Chavaroche, un réfractaire au STO, il s'est fait prendre par la Milice, il a été fusillé.

Antoine serra les paupières. Combien restait-il de ses copains d'enfance ? Et lui, pourquoi avait-il eu la chance de rester en vie ?

– Je ne savais rien de mon village. Ce que j'apprenais par les prisonniers, c'était le récit des batailles, des atrocités. Tellement inhumain qu'il nous était difficile d'y croire. Heureusement, Jean-Jacques en est revenu sain et sauf. Il est vivant. Les autres, tous les autres, on ne les reverra jamais.

Dans le silence de la nuit tombée, rythmé seulement par le lourd tic-tac de la pendule à poids, Antoine essuyait ses yeux d'un revers de main absent.

Louis et Julia, revenus eux aussi des années en arrière, déroulaient le film des souvenirs amers.

Antoine, le premier, reprit ses esprits.

– Faudra... Faudra que j'aille voir le maire, je dois régulariser ma situation. C'est toujours Raymond Baissière ?

– Toujours lui, oui, articula Julia. Il tient à son poste. Mais je crois que ce sera son dernier mandat.

– Et le curé, le père Boussal, il est toujours dans sa cure ?

– Hé oui. Des personnes importantes pour notre petite commune. Comme l'instituteur. À ce propos, ton ancien maître est à la retraite, il passe de temps en temps, il aime bien vadrouiller, ça le maintient en forme, et il a toujours quelque chose à raconter. Il sera content de te savoir de retour, ça tu peux me croire. Il n'y a pas si longtemps encore il me disait...

– N'embête pas Antoine comme ça, intervint Louis.

– Au contraire, s'empressa Antoine. J'ai besoin, j'ai envie d'entendre, de savoir tout ce qui s'est passé. Si vous saviez ce que cette guerre a été pour moi... J'ai d'abord été jeté dans un camp en Allemagne, j'étais sûr de ne jamais en revenir, je vous le jure, je ne suis pas près d'oublier la trouille qui me tordait le ventre. Et aucun des gars de par ici, des gars de partout sauf d'ici. J'ai reçu quelques nouvelles de ma mère, et puis plus rien. Au début, une ou deux copines m'ont écrit, et puis elles m'ont laissé tomber, dans le fond c'était mieux pour elles. Au fil du temps, je me suis mis à penser des choses... que je m'étais mal conduit avec ma mère... Tu avais raison, oncle Louis.

Il venait de dire oncle Louis, sans même s'en rendre compte. Soudain, Julia eut un sursaut :

– Ah ça ! Que tu dormes dans la remise, plus question ! On ne loge pas son neveu dans la remise !

– Ne changez rien pour moi, tous les deux. Je suis si heureux de vous avoir parlé. Je me retrouve chez moi tout d'un coup.

– Vas-tu enfin te faire couper les cheveux ? glissa Louis, les sourcils froncés.

Pour toute réponse, Antoine ouvrit son col de chemise, et souleva ses cheveux. Son cou apparut, déchiré par une longue cicatrice à vif.

Julia étouffa un cri dans sa main. Louis, d'abord figé, baissa les yeux, sans un mot. Tous deux avaient compris.

– Et ce n'est qu'un échantillon, ajouta Antoine. Le reste est bien pire… (Changeant de sujet :) Je voudrais rencontrer Pierre, qu'est-il devenu ? Et Philippe d'en haut ? Je n'ai jamais su son nom à celui-là, nous n'étions pas très copains.

Julia hocha la tête :

– Tu pourras les revoir, et aussi ta copine d'école, Valentine Tourlanc, tu te rappelles ? Elle est restée célibataire, et ma foi, elle mène une drôle de vie, un jour ici, le lendemain ailleurs, partout où on a besoin d'elle.

– Bon, c'est pas tout ça, grogna Louis. Mais il est bien l'heure d'aller rejoindre les draps, demain il y a de l'ouvrage !

Antoine sourit. Décidément, tout demeurait en place. L'oncle bougon, la tante émue, et aussi ce qu'il croyait avoir chassé de sa vie. Son enfance.

Les Vieillessente le regardèrent s'éloigner. Pour eux, rien n'était plus pareil.

– Te rends-tu compte, Louis ? Antoine est revenu... Ce n'est pas croyable. Si seulement ma sœur avait pu attendre... Elle l'a tellement pleuré, son fils.

– Personne ne pouvait imaginer qu'on le reverrait un jour, après tout ce temps. Je me demande bien ce que ça cache, d'ailleurs. Tous ceux qui devaient revenir sont revenus, non ? Lui, il arrive deux ans après... Tu trouves ça normal toi ? Bah, c'est son affaire après tout. Il nous rend bien service, et c'est un courageux, je le vois. Pas comme dans le temps... Dis donc, on ne pourra plus le vouvoyer, ce serait ridicule !

Antoine regagnait sa paillasse, en essayant de retrouver au fond de sa mémoire les traits de ses copains, de ses amis disparus à jamais. Si lui vint un moment le visage de Valentine, il disparut aussitôt remplacé par un autre sourire de fille... Puis il se dit qu'enfin, il était redevenu Antoine Coupière, de la « maison des pauvres ». Après tout, ça n'avait pas été si difficile.

Entre fenaisons et moissons, quelques jours s'écoulaient, parfois plus d'une semaine. Les hommes prenaient alors le temps de souffler un peu, sans pour autant être oisifs. Les animaux, vaches, cochons, la basse-cour, les potagers et la révision des machines continuaient d'appeler leurs soins, de l'aube au crépuscule.

Antoine demanda quelques heures de liberté et se

hâta vers la mairie. Il espérait y rencontrer Raymond Baissière.

Lorsqu'il poussa la porte, le maire, très absorbé, prenait connaissance du courrier. Antoine contempla ce visage familier... Depuis toujours ce pharmacien à la retraite prenait sa mission très au sérieux.

Si Antoine n'avait aucun mal à le reconnaître, l'inverse s'annonçait plus compliqué.

– Bonjour. Je viens pour régulariser ma situation. Elle n'est pas banale, mais avant tout je vous demande de me croire.

Raymond Baissière leva le nez et ajusta ses lunettes.

– Qui êtes-vous ? Vous n'êtes pas de notre commune à ce que je vois.

– Non seulement je suis d'ici, dit Antoine en souriant, mais je suis né dans la commune et nous nous connaissons.

Le maire se leva, intrigué. Il scrutait ce visage masqué de barbe, cherchant à percevoir un indice.

– Je ne vois pas... Présentez-vous.

– Je suis Antoine Coupière !

– Antoine Coupière de la maison des...

– Oui, envoyé à la guerre il y a bientôt sept ans.

– Est-ce possible ? Antoine Coupière ! Bon sang ! Nous t'avons recherché avec l'aide de tous les services d'après-guerre. Pour eux tu faisais partie des disparus ! Comment...

Antoine sortit de sa poche un bout de tissu qu'il ouvrit : une plaque métallique apparut avec un matricule gravé : la plaque d'identité dont un soldat ne se sépare jamais, si ce n'est à la démobilisation ou à la mort, et la lui remit.

Raymond Baissière prit l'objet et le contempla, stupéfait.

– Je travaille depuis quelques jours chez mon oncle Vieillessente, dit Antoine, et je ne leur ai dit qu'hier soir qui j'étais.

– Ils ne t'avaient donc pas reconnu ?

Antoine fit non de la tête.

– Cette situation n'est pas ordinaire, tu étais bien prisonnier en Allemagne, n'est-ce pas ? Les autorités militaires ont perdu ta trace en mars 1944.

– On pourrait dire que je suis mort ce jour-là. Mon commando qui dépendait d'un stalag m'avait détaché depuis plus de deux ans dans une ferme avec un autre prisonnier. Ils nous emmenaient le matin et nous ramenaient le soir dans le camp. Nous n'étions pas mal vus dans les campagnes, ils se comportaient bien avec nous ; leurs fils, leurs pères étaient eux aussi partis à la guerre, parfois en France. Et puis tout s'est mis à aller mal pour les Allemands, les Américains et les Russes ont attaqué en force. Un soir, alors que nous allions rejoindre le camp, mes camarades et moi avons été pris sous un bombardement. La suite, on me l'a racontée plus tard, des mois plus tard.

Le maire gardait le silence. En proie à des pensées contradictoires. Soudain il parut pressé d'agir :

– Il faut que je prévienne les autorités, la gendarmerie. Ils te questionneront sans doute, tu sais bien… l'administration… et puis il faut te démobiliser officiellement, tu percevras sans doute quelques sous, pas grand-chose mais tu y as droit. As-tu ta carte d'identité ?

– En piteux état, mais j'ai pu la conserver, avec ma plaque. Je souhaiterais la renouveler, j'ai trois photos, toutes prêtes car j'y avais pensé. Si vous vouliez bien vous occuper de tout, ça me ferait plaisir. Je suis là jusqu'à fin août.

– Je vais m'en charger, rassure-toi. Mais où diable étais-tu depuis la fin de la guerre ? Tous les prisonniers sont rentrés et ont retrouvé leur famille…

– Difficile à raconter, et même incroyable en vérité. Putain de guerre. Je ne sais même pas ce qui s'est passé en France pendant tout ce temps. On nous disait n'importe quoi. Plus tard, j'ai appris que le général de Gaulle avait créé la Résistance et sauvé le pays avec les Alliés. Nous, les prisonniers, on n'avait servi à rien, seulement de main-d'œuvre…

Le maire l'observait, le visage grave.

– Je connais bien les tiens, ils n'ont pas eu beaucoup de chance. Ta pauvre mère s'est laissée mourir, ne te voyant pas revenir elle avait perdu tout espoir. Allons ! On va boire un coup ! Un enfant de la commune qui nous revient, ça se fête !

Antoine demeurait immobile sur sa chaise.

– Tous ceux qui sont partis ne sont pas revenus, hélas ! ajouta le maire avec un soupir.

– Oui, on me l'a dit. Ça s'est passé comment ici ?

– Pas trop mal, nous nous sommes débrouillés tant bien que mal. Il y a eu de vilaines choses avec la Milice, comme partout. Nous avons aidé les résistants, le maquis lorsqu'il s'est organisé dans la région. Ils n'étaient pas très nombreux au début mais après ils se sont organisés. Tu te souviens de Philippe Crustillat ? Il a pris du galon par ici, il a rejoint les FFI. Il en est assez fier aujourd'hui, sans doute un peu trop, mais tu le connais, c'est un Crustillat ! On peut le dire, grâce à la Résistance nous nous en sommes sortis !

Antoine acquiesça d'un mouvement de tête.

Le maire sortit d'un placard une bouteille et deux verres, comme l'avait fait Louis.

– Je vais annoncer ça au conseil municipal qui aura lieu demain. Enfin une bonne nouvelle ! Je suis tellement retourné par ta venue que je ne sais plus quoi dire.

Le maire lui tendit d'abord la main, puis l'attira dans ses bras, tant l'émotion le submergeait.

– Tout le monde sera aussi heureux que moi de te retrouver !

Dans le cœur d'Antoine, quelque chose de surprenant advenait. Il se sentait renaître, il pouvait désormais saluer les autres et leur dire : Je suis Antoine Coupière, je suis revenu. Son pas avait retrouvé cet allant des gens fiers. Il eut envie de musarder dans la rue principale mais se souvint du travail qui l'attendait à Fonterouge. Sur le chemin du retour, il vit arriver vers lui Cadreto. Il attendit l'instant de le croiser.

– Alors, Cadreto, on ne dit pas bonjour à ses amis ?

Celui-ci s'immobilisa.

– Je ne vous connais pas, je n'ai rien à vous donner, Monsieur.

– Je suis Antoine Coupière, rappelez-vous, je venais souvent chez vous et je vous regardais travailler, j'aimais toucher cette paille que vous utilisiez, je vous admirais.

– Au cas où ce que vous me dites serait vrai, d'où sortez-vous ? Vous avez l'air d'un pauvre gars qui demande l'aumône !

Cadreto s'avança plus près, presque à le toucher.

Après l'avoir scruté des pieds à la tête, il ne parut pas convaincu. Il planta là Antoine et s'en alla.

« Ça commence bien ! » pensa le jeune homme, ébahi.

Lorsqu'il arriva à Fonterouge, Julia lui sourit. Ce n'était plus le domestique des jours précédents qu'elle accueillait. C'était le fils de sa sœur. Antoine, lui, ne souhaitait pas changer ses habitudes.

Le jour suivant, Pierre lui rendit une visite-surprise.

– Jamais je ne t'aurais reconnu, tu as une allure d'ermite ! Je suis si content que tu sois revenu, on n'espérait plus.

– Mon cher Pierre, moi aussi je suis heureux de te voir.

Et ils s'étreignirent.

– Entrez donc tous les deux, leur cria Julia qui s'affairait à la cuisine. Prenez le temps de discuter un moment. Je vais tirer une chopine de vin frais.

Au contraire d'Antoine qui n'avait pour ainsi dire rien à raconter, Pierre lui apprit qu'il s'était marié, que lui étaient nés deux jeunes enfants et qu'il travaillait sur la propriété du père.

– Je t'invite pour un de ces dimanches, en accord avec ma femme. Tu verras, nous fêterons ton retour, nous avons tellement de souvenirs à rafraîchir. Nous en avons fait des bêtises ensemble... Tu te souviens comme on levait le coude, un peu trop parfois ? Mais aujourd'hui, en ce qui me concerne, je me tiens tranquille, Anne ne le supporterait pas. D'ailleurs, tu la reconnaîtras, je te laisse la surprise.

– Tu es gentil, j'essaierai de venir. Je suis arrivé il y a

quelques jours, je voulais revoir ma mère, je ne savais pas…

– Nous avons tous pensé à toi, tu peux en être sûr, Antoine. Les Chavaroche se sont bien comportés lors de ses obsèques, tu dois le savoir. Bon, faut que j'y aille maintenant. Tu as revu Philippe Crustillat ?

– Pas encore, mais on m'a dit qu'il était revenu lui aussi.

– Oui, il est ici, mais je te préviens, il n'est plus comme avant. Il a participé à la Résistance, lui…

– À bientôt, Pierre, c'est vraiment gentil d'être venu me voir. J'ai l'air de me cacher mais tout va changer, merci vieux camarade !

– Pas si vieux que ça…, répondit le visiteur en éclatant de rire. Mais toi, tu paraîtrais plus jeune sans cette barbe ! N'avons-nous pas le même âge, à quelques mois près ?

Ils se séparèrent sur un clin d'œil joyeux.

Après le départ de Pierre, Antoine s'adressa à sa tante :

– Qui est donc sa femme, cette Anne que je devrais reconnaître ? Ne serait-ce pas Anne Lamatie par hasard ?

– Tu le sauras bientôt.

Sept ans plus tôt, Anne Lamatie était une si jolie fille que tous les garçons du canton en étaient amoureux, Antoine comme les autres. Il esquissa un petit sourire et reprit son travail.

Des souvenirs trottaient dans sa tête, au fur et à mesure que le temps passait. « Je n'aimais pas Maurice Chavaroche, mais je ne pensais pas que… Je me rendrai tout de même chez lui où j'ai travaillé toutes ces années, il n'avait pas le souci de la besogne, ça non, c'était le fils du patron, ce qui ne nous empêchait pas de nous bagarrer sérieusement tous les deux et de nous réconcilier le lendemain. Ma mère tremblait pour sa place, je ne m'en rendais pas compte. Quel âne j'étais, têtu comme une bourrique comme disait ma pauvre mère ! Elle avait raison. »

Dans le début de l'après-midi, alors que Louis faisait sa sieste et qu'Antoine traînait devant la porte, Philippe Crustillat arriva chez les Vieillessente. Lorsqu'il aperçut Antoine, une grande surprise se lut sur ce visage soigné, bien propre. Après un instant d'hésitation, il s'exclama :

– Quelle fantastique nouvelle je viens d'apprendre ! Tu es enfin revenu ! dit-il en lui tendant la main. J'aurai pu passer à côté de toi sans te reconnaître.

– Salut, Philippe, moi aussi je suis content de te revoir. Comme tu vois, j'ai pris tout mon temps, mais je suis là depuis quelques jours.

– Entrez tous les deux, j'ai encore un peu de café, juste le temps de le réchauffer ! les invita Julia.

Les deux hommes la suivirent.

– Je n'en crois pas mes yeux, Antoine. C'est le maire qui m'a annoncé la nouvelle. Où étais-tu donc passé ? Personne n'a pu retrouver ta trace et je dois dire que nous avons fait des recherches incroyables…

– Vous avez mal cherché, répondit Antoine avec le sourire. Mais moi non plus je ne savais pas où j'étais… Enfin, tout ce temps est derrière nous, Philippe. Et toi, raconte un peu, comment t'en es-tu sorti de cette guerre ? Et tu fais quoi maintenant ?

– Je te raconterai plus tard, j'ai pu choisir le bon

camp, celui de la Résistance. Aujourd'hui, je travaille avec les parents sur la propriété, nous avons des projets d'agrandissement et je prendrai bientôt les rênes de l'affaire.

Antoine le percevait sûr de lui, avec une prestance nouvelle dans son comportement, voire un brin de supériorité qui allait bien au personnage.

– Comment vont tes parents, Philippe ? Et ta charmante sœur, qu'est-elle devenue ?

– Mes parents se portent bien, merci, quant à ma sœur, elle s'est mariée avec un marchand de bestiaux de la commune voisine où ils habitent depuis. Ils ont deux petits, un garçon et une fille, et moi je suis toujours célibataire !

– Tu ne dois pas t'ennuyer, j'en suis certain, lança Antoine avec une pointe d'amusement.

– Et toi, que comptes-tu faire ?

Il oubliait de lui parler de sa mère, mais Antoine ne releva pas.

– Pour l'instant, je suis chez mon oncle et ma tante, je leur donne un coup de main, comme tu vois.

– Tu devrais venir, le dimanche 10 août, il y a un concours de quilles sur la place de l'église, comme autrefois, tu te souviens ? J'aimerais que tu viennes, tu retrouveras du monde, on boira un bon coup, c'est d'accord, Antoine ? Tu ne le regretteras pas...

– J'essaierai de venir, ça me fait plaisir que tu m'invites.

Le café avait refroidi, et déjà ils se quittaient.

– Il ne t'a même pas parlé de ta pauvre mère...

– Laisse donc, tante Julia, je ne suis pas sûr qu'il ait beaucoup changé, que veux-tu.

Cette journée ne se déroula pas tout à fait comme les autres. Antoine retrouvait une humeur à la fois nouvelle et familière. Il pouvait comme jadis tutoyer son oncle et sa tante, ce qui les rapprochait davantage. Quand il rejoignit sa chambre, le soir venu, il eut la surprise de découvrir un matelas à la place de la paillasse de feuilles de maïs et, près du lit, une paire de bottes presque neuves. « Le père Noël serait-il passé ? » Il tâta longuement sa nouvelle couchette et s'empressa d'en profiter.

Le chant du coq l'arracha difficilement à son sommeil. Il observa le ciel, fronça les sourcils. « Ça ne tiendra pas jusqu'à la nuit. » Pas bon pour les champs à moissonner, au moins deux jours à attendre, et encore...

Au rendez-vous du premier café, seul avec Julia, il lui annonça :

– Je me dois de rendre visite aux Chavaroche, même si je n'en ai pas trop envie.

– Tu fais bien de m'en parler, Antoine. Lorsque ta mère est décédée, ce sont eux qui ont assuré et payé les frais d'enterrement, il faut que tu le saches.

Antoine en demeura muet de surprise. Les patrons avaient payé les frais d'enterrement ! Julia hocha doucement la tête :

– Ils sont venus nous voir et nous ont annoncé : « Nous lui devons bien ça. » Et tout a été réglé par Monsieur Chavaroche qui nous a autorisés à prendre ce que nous voulions dans la maison, ses quelques affaires. Oh ! il n'y avait pas grande fortune, les meubles ne lui appartenaient pas. Ça me fait penser que j'ai quelque chose pour toi, je l'ai conservé sans y toucher, sans même la curiosité de vérifier son contenu, je devais savoir que tu reviendrais un jour…

Julia disparut un instant et l'on put entendre un grincement de porte d'armoire, un léger raclement de bois. Antoine attendait près de Bougre qui le regardait, impatient de l'accompagner au-dehors. Julia revenait, tenant en main un objet enveloppé d'une toile de lin.

– Voilà, Antoine, ça te revient de droit, dit-elle en le posant délicatement devant lui, sur la table.

Antoine hésita quelques secondes, puis défit l'un après l'autre les pans de tissu. Un portefeuille apparut, grand et plat, en cuir vieilli, patiné et déformé, qu'il reconnut immédiatement.

– Le portefeuille de mon père, est-ce possible ? Il me l'avait montré plusieurs fois, mais ma mère ne m'en avait jamais parlé.

– C'est tout ce qui lui restait de ton père, tes parents n'étaient pas riches, tu le sais bien.

Avec précaution et délicatesse, il visita le trésor : quelques papiers bien minces et jaunis, ainsi que deux photos. Sur l'une, Antoine souriait, c'était le jour de sa communion solennelle, il portait le brassard de soie blanche. Sur la seconde, son père se tenait debout près de sa mère. Une photo plus ancienne. Les yeux d'Antoine s'emplirent de larmes. Julia, par-dessus son épaule, contemplait ces visages du passé.

– Mon Dieu, qu'ils sont beaux ! murmura-t-elle.

Ils se turent, saisis par la même émotion. Puis Antoine écarta les pans du deuxième compartiment. Là, une dizaine de billets de banque – la fortune de sa mère – et une lettre envoyée d'Allemagne, peut-être la seule que sa mère ait reçue. Il regarda sa tante qui précisait :

– Tu vois, je n'ai touché à rien, je l'ai conservé tel que je l'avais trouvé dans l'armoire de ma chère sœur. Je me disais : Si Antoine revenait…

– Merci, tante Julia, merci du fond du cœur.

Il ne put en dire davantage. Il replia le tout, en bon ordre, le rendit à sa tante :

– Garde-le-moi, s'il te plaît, comme tu l'as si bien fait jusqu'à aujourd'hui.

Puis il se leva, inspira longuement l'air frais du matin, et s'en alla rejoindre Louis qui certainement l'attendait. Mais au moment de franchir le pas de la porte il annonça à Julia :

– J'irai dimanche matin chez les Chavaroche !

5

Louis aussi scrutait le ciel et marmonnait entre ses dents. « C'est sûr, il y aura de l'orage avant ce soir, nom de Dieu, les terres étaient prêtes, ça pouvait bien attendre un peu ! »

– Que ça craque un bon coup et lundi nous pourrons attaquer, répliqua Antoine. Ça ne dure pas en cette saison.

– J'aimerais que tu dises vrai…

Mais tous deux songeaient aux dégâts que ces orages de plein été peuvent causer aux moissons.

À mesure que les heures passaient, le ciel s'obscurcissait davantage.

– On aurait dû commencer il y a deux jours, je savais que le temps se gâterait…, grogna Louis.

Et il pestait contre les nuages qui s'amoncelaient.

– En attendant, on va refaire la lame de la faucheuse, à l'abri sous le hangar. Les faucilles en ont besoin aussi. Tu vérifieras les liens pour les gerbes, ça nécessite d'être revu.

Ils déplacèrent la lourde meule qui se révéla bancale,

l'un de ses pieds ayant subi l'assaut d'un troupeau distrait.

Antoine pensa alors à une autre ferme où tout était plus moderne, équipée d'outils et de matériel en bon état. Il ne disait rien mais mesurait le retard de ses compatriotes quant au travail et à l'équipement des fermes qui n'avaient guère changé depuis des lustres, encombrées d'objets inutiles de toutes sortes et de toute nature, que l'on gardait là, par habitude. La propreté elle-même semblait superflue… les seuils d'habitation ressemblaient à s'y méprendre à ceux de l'étable, mis à part le fumier que l'on déversait un peu plus loin… royaume de la basse-cour ! Ici, on ne pouvait se déplacer sans souiller ses chaussures, on n'avait pas besoin de ce luxe. Et pourtant ce soin existait ailleurs et Antoine s'y était habitué.

Maintenant il tournait la manivelle de la meule arrosée d'eau provenant d'une boîte de conserve percée en son fond et suspendue par une ficelle. La lame d'acier avait aussi son caractère et Louis la pressait contre la pierre qui crissait en rognant peu à peu, régularisant imperfections et ébréchures, redressant au mieux le fil de métal. Les deux hommes peinaient, le regard concentré sur la machine, l'un pressant sur la pierre, l'autre sur la manivelle. Pour les faucilles, même travail mais moins pénible cependant.

Puis, la lame fixée sur la faucheuse, il ne manquait plus que l'adjonction du tablier de bois qui recevait les tiges du blé coupé avant de les libérer en javelles. Tout devait être contrôlé et tout le serait.

Antoine vérifia les liens pour les javelles, le complément serait assuré par des attaches en paille prélevées sur la coupe. Il savait comment il s'y prenait autrefois. Pendant ce temps, le ciel s'assombrissait toujours. Ils laissèrent là leur machine et rentrèrent les bêtes. L'heure de la traite arrivait, la mauvaise humeur de Louis n'avait d'égale, dans cette étable mal éclairée, que la chaleur animale et la lourdeur orageuse qui pesait sur le souffle.

– Ça va péter, dit Louis venu jeter un dernier coup d'œil sur l'extérieur.

Bougre aussi manifestait son appréhension et dès que le premier coup de tonnerre claqua, il fila se blottir contre un tas de paille, loin de la porte. Il devait être dix-sept heures lorsque les premières gouttes s'écrasèrent enfin sur le sol brûlant.

– Cette fois, on y a droit, clama Louis.

Ce n'était pourtant pas un déluge, mais une pluie forte et dure qui allait rendre les moissons impossibles durant deux ou trois jours au moins. Un orage de puissance moyenne. Antoine pensait à une autre ferme où tout avait été rentré hâtivement en prévision de son départ et de son absence...

La terre se débarbouillait de sa poussière, sous la voûte basse et plombée d'un ciel qui s'en rapprochait parfois de si près qu'on aurait pu le toucher avec la longue perche du char à foin. À l'intérieur, le lait chaud giclait dans les seaux gris, moussant à merveille jusqu'à ras bord. On aurait dit que chacun était à son labeur, l'orage à son arrosage, les hommes à l'ouvrage, les vaches à leur patience, avalant des lampées de foin tiré aux « cornadis ». Les quelques veaux que l'on présentait à leur mère manifestaient leur impatience par des coups de tête sur les pis gonflés.

Au-dehors, l'orage en fin de caprice décidait enfin de s'éloigner. Les nuages s'étiraient et reprenaient de l'altitude, libérant le ciel qui osait redevenir bleu par endroits. Louis regarda sa montre :

– Trois quarts d'heure de pluie, cette fois, on ne moissonnera pas avant mardi !

Antoine avait repéré ce geste familier : deux doigts glissés dans la petite poche du pantalon pour en extraire la montre retenue par un lacet de cuir. En une fraction de seconde, il avait revu son père faire de même. Son père ne prenait sa montre que le dimanche, le temps d'aller boire un verre, s'offrir une partie de quilles et revenir pour la traite de cinq heures. Antoine le revoyait poser la montre au creux de sa paume, l'ouvrir en appuyant sur le remontoir et froncer les sourcils en disant : « Faut y aller, petit, le patron ferait tempage ! » Il l'avait presque oublié, ce mot bien à lui, qui signifiait verte remontrance.

Et cet objet merveilleux, il s'en souvenait avec précision, possédait un système permettant d'ouvrir un second clapet dans lequel on pouvait glisser une photo miniature. Son père lui avait confié le secret de son fonctionnement en lui disant : « Cette montre te reviendra un jour, comme elle m'est venue de mon père, et ce jour-là, tu pourras voir le trésor qu'elle dissimule ! » En une fraction de seconde, il comprit qu'il n'hériterait jamais de cette montre. Il se promit d'en parler à sa tante.

La température avait chuté de quelques degrés, et l'air, lavé des poussières, comme filtré, semblait délicieux à respirer. Louis et Antoine se dirigèrent vers la faucheuse pour effectuer les dernières vérifications.

Nettoyage, graissage, pose des accessoires destinés à retenir les blés tombant sous l'action de la lame, et les répartir en javelles sur le sol. Louis, rendu silencieux par les conséquences de l'orage, lui dit soudain :

– Tu étais venu nous donner la main autrefois, tu t'en souviens ? Ce n'était pas de bon gré, certes, mais tu étais venu plusieurs fois. Vous n'arrêtiez pas de vous chamailler toi et Jean-Jacques.

– Faut plus m'en vouloir, c'est du passé.

– Je ne t'en veux pas le moins du monde, rassure-toi, répondit Louis qui, aujourd'hui, se louait du sérieux de son neveu.

Près du verger, on n'entendait presque plus les feuilles des arbres s'égoutter lorsque l'heure de la soupe arriva.

Comme il allait franchir le perron de la maison, une jeune femme surgit à bicyclette et stoppa à quelques mètres d'Antoine. Ils se regardèrent quelques secondes et Antoine la reconnut.

– J'ose à peine croire que c'est bien toi, Antoine, dit-elle enfin. Heureusement que l'on m'avait prévenue.

Il lui sourit et s'avança vers elle. Elle qui n'avait guère changé, les yeux toujours aussi pétillants dès qu'elle le regardait, et ce depuis toujours, des yeux verts qui allaient si bien avec ses cheveux noirs.

– Bonjour, Valentine…

Elle ne répondit pas, l'observait avec étonnement, essayant de retrouver le visage qu'elle avait si bien connu, derrière ce masque de poils. Puis :

– Comment vas-tu depuis tout ce temps ?

Julia apparut soudain dans l'encadrement de la porte.

– Ah ! C’est toi, Valentine ! Entre donc un moment.

– Je ne reste pas, j’ai appris le retour du mort…, dit-elle avec un air étrange où se mêlaient reproches, regrets et questionnement.

– Comme tu voudras, lui répondit Julia.

Bougre n’avait pas aboyé et se frottait aux jambes d’Antoine comme pour être de son côté.

– Comment te portes-tu depuis tout ce temps ? questionna à son tour Antoine.

– Ça va, je te remercie. Alors, tu es revenu, enfin ! On te croyait…

– Mort ! coupa-t-il. Oui, je sais. En quelque sorte, j’étais mort, oui, Valentine, on m’a dit que j’avais été mort !

– Peut-être me raconteras-tu ? Je n’ai pas le temps aujourd’hui. Viens donc dimanche sur la place, il y aura de la distraction. Je travaille au bistrot, si tu veux me voir… je n’ai pas changé, à part que j’ai sept ans de plus !

– Pierre m’a demandé de venir aussi, je crois que je viendrai, il y a si longtemps. Je suis content que tu sois passée me dire bonjour, Valentine, merci d’être venue.

– Je vais de temps en temps vers ta maison d’Esquiral, c’est devenu bien triste…

Valentine, qui n’avait pas quitté sa bicyclette, s’en retourna. Ils échangèrent un petit signe de la main. Elle n’avait pas été loquace, impressionnée sans doute par l’allure de ce nouvel Antoine.

Dans cette maison, les repas se prenaient dans le silence. Par habitude, ou à cause de la fatigue du travail d’été, on ne parlait guère. Seuls se faisaient entendre les sloups de la soupe qu'on aspire, les mâchonnements peu discrets de Louis, le bruit des couverts que l'on déplace ou qui raclent le fond de l'assiette, celui de la lame qui tranche le pain un peu dur parfois, celui du couvercle que l'on repose sur la marmite...

Moment sacré où, posé sur le banc, parmi les odeurs de charcuteries, de soupe aux choux, de fromage, chacun reprend des forces. Seule Julia s'asseyait peu, tradition qui veut que la femme serve les autres et ici comme ailleurs, rien n'avait changé.

– Les gens ne t'ont pas oublié, à voir les visites que tu as eues, dit soudain Louis en fin de repas.

– Et heureusement! lança Julia qui avait besoin de manifester son approbation.

Antoine confirma d'un hochement de tête.

– Demain, si tu le veux, tu pourras prendre un peu de temps, après la traite du matin et jusqu'à celle du soir, avec ce putain de temps on ne peut pas entreprendre grand-chose.

– Merci, oncle Louis, je me rendrai demain matin chez les Chavaroche à Esquiral.

– Tu aurais dû le faire plus tôt; enfin je n'ai pas à te commander. Je pense que maintenant tout le monde est au courant de ton retour.

– J'ai écrit à Jean-Jacques, je lui ai annoncé que tu étais chez nous, il ne tardera pas à répondre, dit Julia.

Antoine lui sourit.

Ce soir-là, Antoine eut envie d'une promenade nocturne. Le ciel, de nouveau dégagé, promettait au jour de mourir un peu plus tard. Malgré l'état des chemins boueux, accompagné de Bougre, il prit la direction d'Esquiral. Sans doute, lui ayant parlé de sa maison d'autrefois, la venue de Valentine y était-elle pour quelque chose. Ou était-ce le besoin de respirer une fois encore les abords de ce refuge à jamais silencieux et privé de toute vie ?

Il prit un sentier étroitement corseté par les murailles des taillis pour se dissimuler encore, passer inaperçu. Pourquoi et d'où lui venait donc ce sentiment de culpabilité qui pesait sur son âme ? À qui devait-il des comptes après tout ? La seule personne à laquelle il aurait voulu présenter des excuses n'était plus là pour l'entendre. « Je suis trop bête de me faire tant de soucis, dès la fin du mois, je repartirai. Et puis c'est moi seul qui me suis mis dans cette situation, je n'avais qu'à leur dire aux Vieillessente et repartir le jour même après avoir vu le maire. Celui-là, il fallait le rencontrer, je ne voulais pas figurer sur la liste des morts du prochain monument de granit auquel les autorités rendent honneur une ou deux fois par an ! »

Il coupa par un bois, marchant sur un lit de feuilles pourries et gorgées d'eau. Bougre le suivait ou le précédait, mais collait à ses pas.

La forêt s'égouttait encore, et l'on percevait le bruit des branches qui s'étiraient longtemps après l'averse. Douces sensations auxquelles s'ajoutaient des odeurs de nature humide. Il se rapprochait d'Esquiral qu'il apercevait maintenant assez distinctement. Puis, tout à coup, la petite maison fut devant lui, tout près. Elle attendait avec sa cheminée qui ne respirait plus, plantée dans sa solitude. Les Chavaroche ne l'auraient-ils pas utilisée depuis la mort de sa mère ?

Il ne put s'empêcher d'enjamber le portail et de faire le tour de la maison. À l'endroit même où il avait dormi une nuit, un chat le regardait, tranquille, sans crainte aucune.

– Je te reconnais, lui glissa Antoine, c'est donc toi le locataire des lieux…

Il fit quelques pas, posa une fois de plus ses mains sur les pierres du mur, et intima à Bougre de ne pas s'en prendre au locataire à fourrure.

Il songea à Valentine, son amie d'enfance et de jeunesse qui avait toujours été amoureuse de lui. Mais lui, Antoine Coupière, n'avait jamais eu le même désir, tant s'en fallait. La seule fille dont il avait été amoureux, à en mourir, celle-là, c'était Rose-Louise, une des filles du notaire.

« Fallait-il être idiot ! » se disait-il. Quant à Valentine, elle le voulait trop. « Pour moi seule ! disait-elle à qui voulait l'entendre. Je ne me marierai qu'avec toi, Antoine, je te le jure ! » Et aujourd'hui, elle lui avait parlé de sa maisonnette, c'était bien la seule qui avait exprimé cette pensée. Après avoir tourné autour de la maison, alors que la nuit commençait à assombrir le paysage, il décida de rentrer. « Je me demande, au bout du compte, ce que je suis venu chercher ici ce soir… » Combien de voyages se décident ainsi sur un appel extérieur, inexplicable ?

La propriété des Chavaroche perdait ses lignes précises. Antoine s'en retournait par des chemins plus praticables qu'à l'aller. Le long du bois, il lui semblait que la nuit respirait doucement dans l'obscurité des arbres.

Quelques froissements d'ailes, parfois une fuite d'animal lui parvenaient. Tout en marchant, il lui revenait qu'il avait « oublié » de rester près de sa mère, dans la petite « maison des pauvres ». Il s'arrêtait alors, son chien faisait de même, le regard et l'ouïe en alerte. Puis tous deux se remettaient en route, comme revenant de nulle part...

En ce samedi 9 août, après avoir participé à la traite et débarrassé l'étable de son fumier, Antoine s'accorda une toilette avant de se rendre chez les Chavaroche. Il demanda à Julia de retenir Bougre, qui risquait de rencontrer d'autres chiens. Puis sa longue silhouette s'éloigna en boitillant, avant de disparaître derrière les arbres.

Antoine contemplait ces terres et ces bois qui couraient parfois jusqu'à l'horizon, puis, en se retournant, il aperçut au loin les maisonnettes de sa commune qui prenaient le soleil ; il les trouva belles.

Il se rapprochait d'Esquiral et ce n'était pas à la petite chaumière qu'il songeait mais à l'accueil de ses anciens maîtres. La bâtisse principale en imposait, avec ses gros murs de pierre, son étage et son toit à quatre pans.

Une glycine s'était emparée de la façade et y sommeillait au soleil. Plus loin, au-dessus de l'étable, la grange impressionnante, et deux hangars. Tout près, un grand potager bien entretenu. L'ensemble respirait la paix et la prospérité.

Tout d'abord, Antoine ne vit personne. Mais comme il s'avançait vers la porte, un homme apparut soudain.

Grand, charpenté, c'était bien le père Chavaroche qui l'observait. Il fixa Antoine de son regard métallique.

– C'est donc bien toi, Antoine Coupière ?

Antoine confirma d'un mouvement de tête, sous le regard intense de Jules Chavaroche.

– Entre donc, je t'attendais. Tu as une allure bizarre, on dirait un vagabond...

L'homme lui tendit une main qui l'invitait à entrer.

La fraîcheur, à l'intérieur de la pièce, le surprit.

– Assieds-toi donc, Antoine. Cette maison ne t'est pas inconnue, tu as travaillé quelques années ici, avec ta pauvre mère.

– Oui, depuis mon certificat et jusqu'à mon départ...

– On peut dire depuis l'accident de ton père. Après ça, plus le temps passait, plus tu n'en faisais qu'à ta guise...

– Comment va madame Chavaroche ?

– À vrai dire, pas bien du tout. Depuis que Maurice... enfin tu sais pour lui. Notre fille et notre gendre ne le remplacent pas, c'est bien compréhensible. Mais toi, où étais-tu donc depuis la Libération ?

Antoine haussa doucement les épaules.

– Monsieur Chavaroche, j'ai appris ce que vous avez fait pour les funérailles de ma mère, ma tante m'a raconté. Je suis venu vous remercier, du fond du cœur.

Un silence pesant s'installa entre les deux hommes, habité par les fantômes du passé. C'est alors que, sortant d'une pièce voisine, Rose Chavaroche apparut. Au premier regard, Antoine comprit que le malheur avait ravagé ce visage autrefois si plein de gentillesse. Il se leva pour la saluer. Elle le regarda froidement.

– On m'a dit que tu étais revenu ; toi au moins, tu as eu de la chance, ce n'est pas comme mon Maurice. Oui, tu as eu de la chance, beaucoup de chance !

Puis elle s'en retourna comme elle était entrée, laissant derrière elle un silence sans fond. Antoine regarda Chavaroche qui baissa les yeux, écrasé de résignation.

– Nous ne savons plus que faire, murmura-t-il. Elle ne s'en remettra jamais.

Antoine ne put s'empêcher de faire le lien avec sa mère qui s'était laissée mourir de désespoir.

– Nous ne pourrons pas te reprendre, mon garçon. Les temps ont bien changé et nous aussi.

– Je ne suis pas venu chercher du travail, monsieur Chavaroche, seulement vous revoir et vous remercier…

Le vieil homme hocha la tête, embarrassé.

– Je travaille avec mon gendre, pour ma fille surtout. Aujourd'hui, ils sont tous les deux allés au marché faire quelques sous.

Il alla chercher deux verres, une bouteille à demi pleine, et versa le vin.

– Tu vois, avant la guerre nous avions des projets. Maurice n'était pas toujours facile à vivre, tu en sais quelque chose, vous étiez pareils tous les deux, mais nous aurions pu vivre tranquilles sur cette propriété. Et puis… je sais qu'on ne s'accommodera pas de sa disparition, comme ta mère, d'ailleurs. Elle avait perdu tout espoir de te revoir. C'était une femme courageuse qui n'aura pas eu du bonheur bien longtemps.

Antoine triturait son verre, la gorge serrée.

– C'est quelqu'un de chez vous qui l'a découverte ?

– Oui, le Félix. Ce n'est pas un mauvais diable, un naïf tout au plus. On l'envoyait tous les jours chez ta mère pour lui apporter de la nourriture, du bouillon, des légumes, du pot-au-feu que préparait ma femme. Et un beau matin, le Félix est revenu avec la mine toute retournée. J'ai couru jusqu'à la petite maison... elle était couchée dans son lit, toute blanche. Morte dans son sommeil. Ton oncle et ta tante ont été prévenus mais personne ne savait si tu étais encore de ce monde... Le maire a remué l'administration, les autorités militaires pour retrouver ta trace. Il n'avait en main qu'un certificat de non-retour, pour eux, tu demeurais porté disparu.

Une foule d'images qu'il croyait effacées assaillaient Antoine.

– Comme je lui devais de l'argent pour son travail, j'ai décidé de prendre les frais de son enterrement à ma charge en accord avec sa sœur. Elle a pris ce qu'elle a voulu dans la maison, mais il n'y avait pas grand-chose. Depuis, elle est restée vide, vous aussi vous avez eu bien du malheur.

– Je vous remercie encore de vous être occupé de ma mère.

– Et maintenant, que vas-tu faire ?

– J'étais revenu pour ma mère. Pour lui parler, m'cxpliquer. La guerre, surtout la fin, a été atroce pour moi. On m'a cru mort mais en quelque sorte je l'étais. J'ai survécu, c'est vrai, mais dans des situations bien étranges, jusqu'à cet été où j'ai pu revenir à Esquiral. J'ai promis aux Vieillessente de les aider quelques jours, après on verra...

Antoine sentait que Chavaroche voulait en savoir davantage, mais il se tut.

– Si tu veux, je te prête les clefs de la maison, mon

garçon. Tiens, prends-les, dit Chavaroche en se dirigeant vers un placard. Je comprends que tu veuilles la revoir, mais je te préviens, elle n'a pas été rouverte depuis, même le jardin est en triste état. Ma fille et mon gendre rentreront assez tard, si tu veux les voir, repasse donc chez nous. Tu excuseras ma pauvre femme…

– Bien sûr. Merci pour les clefs.

– Tu les laisseras dans la cachette, entre les pierres. Je les reprendrai un de ces jours.

– Monsieur Chavaroche, quand j'ai appris pour Maurice, j'ai été bien triste, lui il a eu le courage de se révolter. Moi, je n'ai pas pu…

Comme s'il ne pouvait plus longtemps refréner son geste, Jules se tourna brusquement vers Antoine et le serra dans ses bras. Puis, d'une voix méconnaissable :

– Chacun fait son chemin comme il peut, Antoine. Merci d'être venu, merci…

Les deux verres étaient toujours pleins. Ni l'un ni l'autre n'y avait touché.

Au-dehors, Antoine cligna les yeux dans la lumière. Quelques animaux de basse-cour traînaient çà et là, caquetant tranquillement. Les poules cessèrent de gratter, une patte levée, vrillant sur lui un œil rouge et brillant. Les bêtes au pré mâchouillaient à l'ombre des arbres, et une atmosphère d'abandon flottait autour de la ferme, dans l'odeur tiède et stimulante, pleine de soleil, qui montait de la terre abreuvée de la veille.

La clef dans la poche, Antoine hésitait… Pas aujourd'hui, plutôt un autre jour… demain, se promit-il, puis il changea d'avis, plusieurs fois, jusqu'à ce que, tout à coup, il se saisisse de la clef et marche enfin d'un pas décidé vers la petite maison.

Les deux fenêtres aveugles l'effrayaient et l'attiraient tout à la fois.

Il tourna lentement la clef dans la serrure, et écouta. Comme si quelqu'un, là, devait répondre. Ou venir vers lui. Il en eut froid dans le dos. La porte se fit prier, il insista. Une sensation de glace lui vint au visage, une main semblait le repousser, lui interdire ce seuil. Mais maintenant Antoine voulait tout voir, il avait tellement rêvé de ce moment…

Quand la lumière du jour inonda la pièce, la pauvreté des lieux lui sauta au cœur. Et pour s'en pénétrer une bonne fois il ouvrit les deux battants de la fenêtre et poussa violemment les volets. La main froide qui lui avait fait barrage à l'entrée le toucha encore. Partout et sur toute chose, la poussière avait déposé le gris de son linceul. Lorsqu'il tressaillit tout entier, il sut que le rejoignaient en cette seconde à la fois son passé, ses chagrins d'enfant, ses regrets d'homme et cette étrange peur d'un demain loin de ses racines.

Une simple table, deux chaises, un pauvre lit recouvert tant bien que mal, au creux duquel avait dû battre une dernière fois le cœur de sa mère.

Au-dessus du lit, sur le mur, une marque décolorée avait la forme d'un crucifix.

Sous son manteau, l'âtre noir et brillant de suie s'encombrait encore de la crémaillère et d'une marmite.

Autour de la cheminée, l'étagère était vide.

Antoine voulut pousser la porte de la seule pièce attenante, sa chambre. Elle grinça doucement. Il attendit que ses yeux s'habituent à l'obscurité. Pour découvrir qu'elle ne contenait plus rien, sinon quelques loques entassées dans un coin. Lorsqu'il se décida enfin à ressortir, ses pieds le portèrent à nouveau près du lit de sa mère. Il enfouit son visage dans ses mains et laissa affluer ses sanglots. « Ma pauvre mère ! » Les larmes noyaient ses joues pour la première fois depuis de longues années. Des larmes que personne ne verrait jamais, il s'en faisait le serment.

Par la porte ouverte, un lourd bourdon tenta d'entrer en zonzonnant. Antoine le chassa avec violence. « Fous le camp ! Tu n'as pas le droit d'entrer ici, fous le camp ! »

Il referma en hâte les volets, la fenêtre, et tira la porte. Un tour de clef scella son passé. Il glissa le trousseau dans la cachette, caressa une dernière fois les pierres du mur, enjamba le portail et s'en fut sans se retourner.

La petite maison sembla s'enfoncer dans la terre au fur et à mesure qu'il s'en éloignait.

« Jamais, se dit-il. Jamais je ne reviendrai ici. »

Antoine arriva à Fonterouge pour le repas du soir, et remarqua qu'on l'avait attendu.

6

Les restrictions alimentaires avaient été supportées à Fonterouge mieux qu'ailleurs, on s'était accommodé tant bien que mal des tickets de rationnement. Avec les produits de la ferme, certains avouaient même avoir peu souffert du manque.

– Tu n'as pas dû souvent manger à ta faim, Antoine ? demanda Louis, qui osa ajouter : pendant tout ce temps...

– Eh bien... j'ai parfois mangé des choses dont vous n'avez même pas idée. Mais je m'en suis toujours sorti. Les prisonniers qui travaillaient dans les fermes ont mieux résisté, c'est sûr. Il suffisait de respecter les fermiers. Ces gens-là souffraient aussi du nazisme. C'étaient des Allemands et nous étions leurs prisonniers. Mais ceux qui ont été envoyés en usine ou sur les chantiers en ont bavé. Moi, j'ai d'abord été envoyé en commando près de Nuremberg comme manœuvre, j'ai dû résister pendant deux ans dans des conditions très dures.

– Les salauds ! gronda Louis. Heureusement qu'on a fini par les avoir, grâce aux Alliés et à la Résistance de De Gaulle, mais à quel prix ! Il faudra bien un siècle au pays pour s'en remettre ! Pour les familles en deuil, c'est encore autre chose.

Puis, après un silence :

– Antoine, tu peux nous le dire, maintenant, pourquoi tu n'es pas revenu plus tôt ? Pourquoi tu ne dis rien sur tout ce temps passé depuis la Libération ? Tu as fait quelque chose de mal ?

– J'étais... dans des hôpitaux, mon oncle, et je ne peux pas vous en dire davantage. Mais non, je n'ai rien à me reprocher, vraiment rien.

– Laisse-le donc, Louis, s'il ne veut rien dire c'est qu'il ne peut rien dire, pas vrai ? intervint Julia en se rapprochant de son mari.

Cette attitude calma Louis. Il hocha pensivement la tête, avant de demander, au-dessus de son verre :

– Tu as donc vu les Chavaroche...

– Oui, je les ai remerciés pour ce qu'ils avaient fait pour ma mère.

– Nous, on n'a pas eu le temps de réagir, tout a été si vite arrangé...

– Et puis, je suis allé aussi à la petite maison. Ils ne l'ont pas utilisée, c'est surprenant.

– La mort de Maurice les a bien changés. Ils nous ont dit de prendre ce qu'on voulait, vu que tu n'étais pas là. Une paire de draps, le crucifix, quelques babioles, les deux bougeoirs que tu vois là, et c'est à peu près tout.

– Ma mère n'avait pas grand-chose. Mais elle gardait précieusement la montre de mon père. Vous ne sauriez pas où...

– À part le portefeuille que je t'ai donné, dit Julia, nous n'avons rien vu de plus. Mais... c'est vrai !

s'exclama-t-elle tout à coup. Il y avait cette montre pendue sur la cheminée ! Je la revois !

– Elle l'aura peut-être donnée à quelqu'un, va savoir, dit Louis.

– Ça m'étonnerait fort ! affirma Antoine.

Sur ces mots, Louis se leva lentement, et s'en fut vers sa sieste.

Antoine, songeur, demeura avec Julia et le chien.

Bougre gronda soudain, tourné vers la porte.

– Tiens… Qui ça peut bien être à cette heure ? se demanda Julia en allant ouvrir.

Elle tira le portail et aperçut le curé qui s'apprêtait à frapper.

– Bonsoir, monsieur le curé !

– Bonsoir, Julia, vous avez donc des antennes ?

– Non, mais Bougre en a, lui ! Vous arrivez trop tard pour le repas. Vous prendrez bien un café ?

– Ce n'est pas de refus.

Lorsqu'il aperçut Antoine, il lui sourit et s'avança vers lui les deux mains tendues.

– Quelle bonne surprise, Antoine, quelle bonne et excellente surprise que ton retour !

– Asseyez-vous tous les deux, vous avez des choses à vous dire. Oui, Monsieur le curé, notre Antoine nous est revenu !

– Je n'ai appris la nouvelle qu'hier, et je n'ai pu me résigner à attendre de te rencontrer. Dieu a voulu que tu reviennes, mon enfant !

– Sans doute, répondit Antoine en souriant, sans doute. Mais il aurait pu m'aider à rentrer plus tôt !

– J'ai tellement prié pour toi, et pour tant d'autres qui, hélas, ne sont pas revenus !

Antoine aurait bien voulu lui dire ce qu'il pensait de son Dieu, mais le curé n'aurait pas aimé.

– On m'a dit que tu portais la barbe mais je ne l'imaginais pas aussi longue. Quand ta pauvre mère… enfin, nous avons tous pensé à toi, tu sais. Nous pensions que…

– … j'étais mort. Comme tout le monde, père Boussal. Je n'entends que ce mot, il va bien falloir l'oublier à mon sujet, non ?

Le ton était agressif et le sourire se figea sur les lèvres du curé. Il se tourna vers Julia, qui lui adressa une moue d'apaisement : le garçon subissait le choc de son retour, il fallait le comprendre.

Le curé posa la main sur le bras d'Antoine.

– Aujourd'hui, nous sommes soulagés, l'enfant de chœur qui avait tant servi la messe est à nouveau parmi nous. Je voulais te rencontrer, Antoine, c'est fait. Je dirai un petit mot au sermon de demain dimanche ; si tu viens à la messe de dix heures et demie, tu l'entendras.

Le père Boussal couvait Antoine du même regard qui avait vu grandir l'enfant. Il voulait le rassurer, le réconforter, comme il l'avait fait bien souvent autrefois, quand Antoine traversait ses périodes de chien fou, après la mort de son père.

Julia s'éclipsa discrètement, certaine que le vieux curé saurait retrouver le chemin du cœur de son neveu.

– La guerre a été une chose atroce. Pour tous, soupira-t-il. Et ceux qui en sont revenus ne sont plus les mêmes.

Antoine jeta vers lui un regard étrange.

– Et si je vous disais, père Boussal, que je n'ai

même pas eu l'occasion de tirer une seule fois sur un ennemi... ?

L'abbé ouvrit la bouche pour répondre, puis hésita, en haussant les épaules.

– Ne t'inquiète plus, mon pauvre Antoine. Il faut vivre désormais comme le pays essaie de vivre et de se reconstruire, et ce n'est pas facile. Nous manquons de beaucoup de choses mais, par rapport à la situation des grandes villes et surtout du Nord, nous n'allons pas si mal. On a échappé aux destructions, aux bombardements. Sais-tu seulement ce qui s'est passé pendant que tu étais prisonnier ?

– Non, avoua Antoine. Dans les camps, des rumeurs circulaient, et puis après, ma situation a été tellement personnelle...

– Bah, viens me voir à la cure, nous en parlerons. Je loge toujours au même endroit. Pour tout avouer, je ne me décide pas à prendre ma retraite ! dit-il en éclatant de rire. Tu peux frapper à ma porte à n'importe quelle heure, tu seras le bienvenu.

– Merci, père Boussal, je viendrai. J'ai besoin de vous parler...

Les yeux du vieux curé s'éclairèrent d'une joie émue.

Julia se glissa à nouveau dans la pièce. Au premier coup d'œil, elle comprit que tout s'était bien passé. Elle servit le café et s'assit près d'Antoine.

– C'est moitié orge mais c'est convenable, non ? demanda-t-elle.

Antoine acquiesça poliment.

– Disons que c'est bien chaud.

Julia se mit à rire. Et ce faisant elle songea qu'elle n'avait pas ri depuis... depuis quand ?

– Vous excuserez la mauvaise heure de ma visite, souligna le curé en reposant sa tasse vide. Mais je sais que les travaux…

– Ce n'est rien, au contraire, je dirai à Louis que vous êtes passé. Vous savez, lui, sa sieste…

Ils bavardèrent un instant encore, évoquant les moissons, le temps, tout ce qui importe quand les champs appellent les soins des hommes, puis le visiteur prit congé.

– Il est toujours aussi rondouillard, dit Antoine en souriant. Il n'a pas dû manquer beaucoup.

Julia lui lança une tape sur l'épaule, avec une moue amusée.

Dimanche 10 août. Il avait été convenu que les Vieillessente lui accorderaient la journée du dimanche, après la traite du matin.

Au sortir de la messe, un groupe de paroissiens échangeait les dernières nouvelles. Antoine arrivait lorsque Raymond Baissière l'accosta, et le prit aussitôt par l'épaule :

– Quel plaisir de te voir, Antoine ! Viens, nous allons trinquer à ton retour. On a beaucoup parlé de toi, même le curé dans son sermon, et en bons termes, je peux te le dire.

Antoine accepta l'invitation et tous deux entrèrent dans le petit bistro de la place.

Dès qu'elle l'aperçut, Valentine lui lança un large sourire et d'un geste prompt lui fit comprendre qu'elle s'occuperait de lui dans quelques secondes. Les hommes se levèrent aussitôt et vinrent lui serrer la main, l'entourer d'une si chaleureuse sollicitude que le jeune homme en fut profondément ému.

– Enfin te voilà ! Bienvenue au pays ! Faudra nous raconter ! Un des nôtres qui revient au bercail !

– J'offre une tournée générale, annonça le maire. Antoine nous est revenu ! Il faut fêter l'événement !

Valentine en profita pour planter sur les lèvres d'Antoine un baiser sonore qui ne dissimulait pas sa joie.

Le café s'emplit tout à coup, l'annonce de la tournée générale avait déjà gagné la place.

– Pourquoi cette barbe ? lui lança-t-on entre deux plaisanteries.

– Pour plaire aux filles ! riposta-t-il en dédiant un clin d'œil à Valentine.

Philippe Crustillat fit alors irruption dans le café plein de bruit et de rires.

– Comment va mon ami Antoine ? clama-t-il d'une voix forte.

– Bah…, tenta vainement de répondre Antoine, ça me gêne un peu…

Philippe lui lança une bourrade dans le dos.

– Tu es notre héros du jour ! n'est-ce pas monsieur le Maire ? Nous n'attendions plus personne au village ; les autres, nous savons ce qu'ils sont devenus, hélas. Tu es le dernier soldat, le dernier prisonnier à rentrer !

Antoine se leva, tenta de dire deux ou trois mots pour les remercier :

– Merci à tous… Je suis…

Mais il ne put en dire davantage. Ça ressemblait plus à une kermesse qu'à des retrouvailles. Certains racontaient leur vie, les malheurs de la guerre, d'autres évoquaient leurs camarades, tout à la joie d'être ensemble, soudain, autour de celui qui avait échappé à la mort.

En revanche, chaque minute un peu plus, une sorte de panique gagnait Antoine. Son regard croisa celui de Valentine, le temps d'un éclair.

– Que comptes-tu faire à présent ? demanda le maire en s'efforçant de se faire entendre.

– Nous lui trouverons du travail, intervint Philippe, j'ai des relations avec mes amis résistants.

Antoine se sentit perdu, dépassé. Les mots lui parvenaient en une sorte de vertige.

– Je ne sais pas encore, bafouilla-t-il, mais je m'en sortirai…

Il sentit la main forte de Philippe étreindre son épaule, et il revit en lui l'enfant, le camarade d'école, l'ami d'autrefois. Tout se brouillait dans sa tête, le flou du passé rejoignait la houle bruyante du présent… Puis tout sembla s'apaiser peu à peu. Il se sentit sourire, répondre au salut de ceux qui partaient, s'en allaient un à un retrouver le repas dominical, avec la promesse de se revoir très vite.

Le maire prit le temps de lui glisser quelques mots à l'oreille avant de quitter le café à son tour. Et bientôt, la salle fut vide.

La patronne, qui habitait au-dessus, confia le café à Valentine, comme elle avait coutume de le faire depuis toujours.

Et les deux jeunes gens se retrouvèrent seuls dans ce petit bistrot de la place, devenu soudainement un lieu intime.

– Je peux te préparer un casse-croûte vite fait mais bien fait, proposa Valentine. C'est moi qui t'invite.

– Si ça ne te gêne pas, je suis d'accord. Ça m'évitera de faire l'aller et retour à Fonterouge, mais c'est moi qui paye.

Pour toute réponse, elle lui sourit et s'enfuit vers l'arrière-salle, après avoir donné un tour de clé à la porte du café.

Pendant qu'il suivait d'une oreille intéressée les bruits venus de la cuisine et qu'un fumet d'œufs au lard lui martyrisait l'estomac, Antoine réfléchissait. Il constatait, avec un certain trouble, que chaque jour davantage, les événements prenaient en lui la place d'autre chose, de ces pensées qui, à son arrivée, ne le quittaient pas et le rappelaient ailleurs.

Valentine prépara une table à l'abri des regards et disposa deux couverts, avec une vivacité et un entrain qui en disaient long sur son bonheur d'être là. Ses yeux pétillaient et son sourire promettait à Antoine tout ce qu'il redoutait... ou presque. Valentine était une si jolie fille.

– Ce n'est pas grand-chose, hein, c'est du vite fait, dit-elle en posant la poêle sur un coin de table protégé par un dessous-de-plat sans âge.

– Des œufs au lard sur une tranche de jambon, c'est mon plat préféré, Valentine ! Quelle odeur, quel fumet ! dit-il en se penchant sur la poêle.

– Avec un petit rouge de qualité bien moyenne, mais tu vas aimer quand même. Enlève ta veste, tu seras plus à l'aise avec cette chaleur.

– C'est vrai, je n'y pensais même pas, je ne sais plus me tenir...

Ils s'installèrent face à face, les yeux clairs de Valentine quêtant ceux d'Antoine.

Il baissa le nez sur son assiette.

– Tu dois te demander pourquoi j'ai tant de poils, hein ? Moi qui aimais tellement me coiffer court, parfois à la six-quatre-deux, tu t'en souviens ?

– Je n'ai rien oublié, Antoine, rien…

Des éclats verts brillèrent dans ses prunelles.

– Eh bien, je vais te le dire, Valentine. C'est pour dissimuler des cicatrices… pas belles du tout. Et si je n'ouvre jamais ma chemise, c'est pour les mêmes raisons.

Elle ne répondit pas, le regarda manger un instant, songeuse, cependant que ses traits fins s'emplissaient d'émotion.

Il s'empressa de faire diversion.

– Mais toi, tu es toujours célibataire ? demanda-t-il avec dans les yeux une étincelle de malice.

– Un jour, j'ai fait une promesse à un garçon, et je m'y tiens toujours !

– Tu ne vas pas me dire que…, dit Antoine en se désignant de l'index.

– Si, Antoine, si. Ce ne sont pas les occasions qui m'ont manqué, tu peux t'en douter ! appuya-t-elle d'un petit air provocant.

Et, voyant qu'il restait la fourchette en l'air :

– Tu ne sauras jamais combien j'ai pensé à toi, surtout pendant les obsèques de ta mère. Au village, on avait l'impression d'enterrer deux personnes ce jour-là.

Antoine reposa doucement son couvert.

– Ton repas était délicieux, Valentine. Merci, ça m'a fait beaucoup de bien.

– Je te prépare un café, murmura-t-elle.

Elle s'affaira, en évitant de le regarder, mais soudain n'y tenant plus :

– Et maintenant, Antoine ? Que vas-tu faire ? Tu vas enfin rester à Fonterouge ?

Il se mit à triturer une mie de pain restée sur la table.

– Je… Je suis chez eux jusqu'à la fin du mois, je veux dire chez mon oncle et ma tante, après, on verra…

La jeune fille se retourna vers lui d'un bloc :

– Comment ça « tu verras » ? Tu ne vas pas repartir ? Dis-moi que tu ne vas pas t'en aller encore, Antoine !

Elle s'approcha si près que leurs souffles se mêlèrent. Mais elle se reprit très vite.

– Il va y avoir du monde cet après-midi, j'espère que tu resteras avec nous ? lança-t-elle d'une voix trop enjouée.

– Oui, je vais même participer, depuis le temps que je n'ai plus tenu une boule de bois dans mes mains…

Elle s'apprêtait à répondre quand on tambourina contre la porte du café.

Valentine se leva avec un soupir et se résigna à aller ouvrir.

Un petit groupe d'hommes du village s'impatientaient, la mine réjouie. Ils venaient visiblement de quitter la table familiale pour partager le petit digestif du dimanche.

– Toi au moins, tu ne perds pas de temps ! lança l'un d'eux à Valentine en apercevant Antoine attablé devant son café.

Les deux jeunes gens s'empressèrent de sourire,

mais Valentine eut l'impression de rester sur un pied. Certes, elle avait eu le temps d'avouer son attachement à Antoine, mais elle avait reçu de plein fouet la peur de le voir s'éloigner de nouveau. Quant à lui, il avait gardé son secret. Il ne s'était pas livré. Pas une seconde. Et un doute horrible tordit les tripes de Valentine. Une femme ? Il y aurait une femme derrière tout ça ? Elle se secoua en se traitant d'idiote et revint à la bruyante réalité du café. Sa patronne était redescendue et Valentine l'aida à préparer la salle, le concours de quilles ne manquerait pas d'attirer la foule. Elles installèrent des tables, des chaises et des bancs près du vieux tilleul, là où le point de vue sur le jeu était idéal. Un emplacement très prisé.

Le soleil tapait fort en cet après-midi d'août et les gosiers s'assécheraient très vite. Une bonne affaire pour la patronne du bistro qui affichait une humeur gaillarde.

Bientôt, sous les yeux attentifs des spectateurs, on disposa sur la petite place les neuf quilles – réalisées dans du tilleul ou du bouleau – et deux grosses et lourdes boules de bois dont la tenue en main avait été travaillée et creusée à la vrille et à la gouge. Un jeu ancestral dont chaque répétition, de génération en génération, marquait un peu plus le sol.

Le carré se forma : trois lignes de trois quilles espacées de soixante centimètres. La partie se jouait en trente et un points, avec deux équipes de deux ou trois joueurs. Les spectateurs se rapprochaient, tandis qu'un jeune couple se dirigeait vers Antoine.

– Salut mon ami ! lança Pierre, te voilà donc d'attaque ?

– Ça, c'est moins sûr.

– Tu reconnais mon épouse ? Je n'ai pas à vous présenter, je crois ?

– Petit cachottier ! s'exclama Antoine, j'aurais dû m'en douter. Bonjour, ma chère Anne, je suis vraiment heureux de te revoir, tu n'as pas changé, tu es toujours...

– Bonjour, Antoine ! s'écria-t-elle en l'embrassant. Je t'ai connu rasé de plus près !

Tous trois essayèrent de se parler, mais on entourait déjà Antoine, on voulait approcher « le revenant », le saluer, et ils furent séparés.

On prenait les tables d'assaut, on guignait les meilleures places, le jeu se préparait, les équipes aussi.

Philippe Crustillat arriva en saluant à la cantonade, suivi du maire et, déjà assis bien à l'ombre, Cadreto, qui n'était pas venu saluer Antoine. Pierre s'en aperçut.

– Depuis la guerre, expliqua-t-il à Antoine, Cadreto en veut à tout le monde. Lui qui était si aimable et si jovial, il est devenu plein de rancœur. Qu'il soit italien, nous, ça ne nous dérangeait pas, mais lui, depuis que son pays nous a déclaré la guerre et qu'ils ont été humiliés par Mussolini, il croit voir dans nos regards je ne sais quels reproches, quelle haine, surtout chez les résistants et les anciens prisonniers. Mais malgré tout, il n'est jamais parti d'ici. Ses parents sont enterrés ici, c'est peut-être la raison, ou alors il n'a nulle part où aller...

– Je comprends la situation, dit Antoine. Merci, Pierre, c'est important ce que tu viens de me dire. Quant à moi, j'essaierai de lui conserver ma vieille amitié.

Quand la partie de quille commença enfin, la place était noire de monde. Les femmes et les enfants, que souvent Antoine ne connaissait pas, se mêlaient aux discussions et aux paris. Pas une place assise ne demeurait disponible et Valentine allait vivement de l'un à l'autre, servant et encaissant avec une joie toute neuve, ses regards quêtant sans cesse un sourire d'Antoine, un petit signe, une complicité.

Les deux premières équipes entraient en lice : Antoine et Pierre, contre Philippe et Raymond Baissière. L'honneur de commencer fut laissé à Antoine, sous les applaudissements enthousiastes, surtout ceux de Valentine.

– Les gars, ne vous faites pas d'illusions, annonça-t-il en riant, voilà sept ans que je n'ai pas empoigné une boule, je m'apprête à être ridicule !

– C'est comme la bicyclette, lança une voix encourageante dans la foule, ça ne s'oublie pas !

Une envolée de rires lui répondit et Antoine s'inclina pour remercier, ce qui déclencha à nouveau l'hilarité.

Le curé Boussal apparut enfin, lui qui prisait tellement ce jeu, coiffé de son étrange béret anti-insolation.

– Ma parole, s'exclama-t-il, vous ne craignez pas le soleil, vous autres ! Vous attaquez de bien bonne heure.

Et il entreprit de saluer chaque personne, sans oublier ceux qui ne venaient à l'église que pour les enterrements.

Enfin, le silence se fit. On entendit :

– Celle du milieu, Antoine !

Ce n'était pas la plus facile, loin s'en faut. La culbuter sans déséquilibrer les autres n'était pas affaire de débutant. Antoine se concentra. Sa main, son bras retrouvèrent le geste, l'amplitude et la force mesurées, et cependant qu'il lançait la boule, remonta en lui une étrange et vieille douceur, proche des larmes, dans laquelle trottait un gamin dépenaillé mais heureux, sous un soleil pareil à celui-ci, qui lançait vers les quilles une boule plus énorme que ses deux mains réunies. Sa vue se brouilla. C'est aux applaudissements qu'il comprit. La quille était tombée... Qu'importe s'il ne la voyait plus. Pierre lui expédia une bourrade dans le dos et il sut soudain qu'il était rentré chez lui.

Tout au long de la partie, son ami Pierre, le plus heureux de tous, demeura son partenaire. L'équipe qu'ils formaient tous deux ne décrocha pas la victoire finale, mais l'important se trouvait ailleurs, dans cette amitié redécouverte, sur cette place sans âge, près de l'église et son clocher... Autrefois, Antoine s'en souvenait, le curé Boussal se montrait intraitable et sa force impressionnait les gamins. Aujourd'hui, il se contentait de regarder, d'encourager ou de pester avec des mots que parfois n'aurait pas recommandés l'Église... Brave curé !

À plusieurs reprises, alors qu'il la cherchait des yeux, Antoine remarqua qu'un homme s'adressait souvent à Valentine qui le rembarrait vertement.

– C'est Félix, expliqua Pierre. L'employé des Chavaroche, c'est lui qui a découvert ta mère à Esquiral. Ça fait longtemps qu'il guigne Valentine... On dit qu'elle n'a pas toujours fait la fine bouche, d'ailleurs.

Étrangement, Antoine en ressentit comme un pincement de jalousie, et la chose l'amusa.

Sur l'aire de jeux, les équipes se succédèrent. Vers les cinq heures, quelques hommes quittèrent la place, ceux qui avaient en charge la traite des bêtes, et Antoine, même s'il avait droit à son dimanche, ne s'exclut pas de la règle.

Valentine s'empressa de le rejoindre :

– On pourrait se voir après le dîner, si tu veux. À moins que tu aies autre chose de prévu ? proposa-t-elle avec un sourire plein de promesses.

– Après huit heures, je passerai par là, c'est d'accord.

Elle fit claquer un baiser ravi sur la joue d'Antoine et se sauva vers les assoiffés qui l'appelaient.

À Fonterouge, les Vieillessente apprécièrent le coup de main de leur neveu.

– Je m'en serais bien sorti tout seul, dit Louis, mais c'est bien que tu sois là. Alors, tu as vu tous les gens du pays ? On t'a bien accueilli au moins ?

– Très bien, oncle Louis. Sauf Cadreto qui a fait la gueule dans son coin, mais je n'étais pas visé.

– C'est un aigri, faut le laisser tranquille.

– Dommage. Quand j'étais petit, j'aimais le regarder travailler, tordre la paille, et il me semblait que lui aussi m'aimait bien…

Louis eut une moue sceptique, les rides de son front se creusèrent un peu plus.

– Les gens ne changent jamais vraiment. Sauf qu'un jour, on voit ce qui était caché. Bah… parlons plutôt des quilles, c'est une belle occasion de se retrouver au village. Avec Julia, on y allait autrefois, à la fraîche ; l'après-midi fait bien trop chaud. Mais le soir, on parle, on boit un coup, les durs se disputent la victoire, et puis chacun se rentre. Oh ! Il y en a toujours qui tanguent au retour et pire encore, mais à ce jour, personne n'en est mort.

– Je n'ai vu ni les Moissaque, ni les Delchère, remarqua Antoine.

– Moissaque ne vient qu'en soirée ; quant aux Delchère, ils ne sortent plus guère de chez eux, c'est comme ça. Là où il y a du monde, tu ne les verras jamais, c'est tout comme les Chavaroche, je parle des vieux, bien entendu.

– J'ai aperçu le Félix, je ne le connaissais pas, c'est bien le domestique ?

– Un peu l'homme à tout faire de la maison… Dès que tu auras soupé, tu pourras y retourner, tous ne seront pas rentrés. Tu vas bien te trouver une fiancée, c'est bien normal à ton âge.

Antoine souriait. Julia ne tarda pas à s'en mêler.

– Vavava… J'ai bien remarqué la Valentine, l'autre jour, elle te mangeait des yeux.

– Ce n'est pas le premier qu'elle dévore des yeux, la Valentine ! Les amoureux, ça ne lui manque pas !

– Louis ! Tu exagères toujours !

– Pas tant que ça, non, pas tant que ça…, marmonna-t-il en riant sous cape.

Puis Antoine se souvint des filles du notaire De Laleuze, il en avait bien trois, dont une…

– Que sont devenues les filles du notaire ?

– Deux se sont mariées à des hommes comme il faut. Il reste la Rose-Louise, on dit que plus tard, elle pourrait reprendre l'étude de son père. Je l'ai aperçue la dernière fois au village, elle m'a fait un petit bonjour de la main.

– C'était la plus jolie des trois, je m'en souviens, dit Antoine avec une soudaine mélancolie qui n'échappa pas à Julia.

– Faut pas viser si haut mon pauvre Antoine, ici on ne mélange pas les genres !

– N'empêche qu'elle était très belle, vraiment très belle…

– Bon, c'est pas tout ça, intervint Julia. Assez de bavardages, je prépare la soupe !

Et elle s'éclipsa.

Après le souper, Antoine ne montra aucune hâte pour s'en retourner à Saint-Santin-les-Roses. Bougre le suppliait de rester, il en était sûr, et sous prétexte de le rassurer il n'en finissait pas de le caresser, l'œil dans le vague.

Julia l'observa un instant avant de demander :

– Maintenant que tu t'es fait beau comme un sou neuf, qu'attends-tu, Antoine ?

– Je ne sais pas… Bah ! Il y aura sans doute moins de monde, ce ne sera pas plus mal.

– Tu parais tout drôle ce soir, tu n'es pas bien, quelque chose te manque ? Excuse-moi si j'ai l'air de me mêler…

– Non, non, ne t'inquiète pas, tante Julia, ne vous inquiétez pas tous les deux, depuis mon arrivée et grâce à vous, tout se passe bien. Qu'aurais-je fait si vous n'aviez pas été là ?

Elle s'approcha de lui et, tout doucement, lui glissa un billet dans la poche de sa veste, le doigt du secret sur les lèvres. Avec un serrement de cœur, Antoine reconnut le geste de sa mère, lorsqu'elle ne voulait aucune explication, seulement lui donner à vivre.

Antoine embrassa Julia, et se décida enfin à disparaître derrière les ombres que dessinaient les fruitiers des jardins. Il devait être plus de vingt heures trente.

Tandis qu'il marchait dans la lumière éteinte et rose de l'avant-nuit, deux pensées avançaient avec lui, côte à côte : la première s'étonnait de l'absence des Delchère, sur la place, et la seconde, bien plus étrange, lui passait et repassait le film du visage de Rose-Louise De Laleuze. Comment ces images avaient-elles ressurgi, sur fond d'émotion intacte ? Au point d'en oublier l'invitation de Valentine Tourlanc ?

Il coupa par des chemins de jardins, là où, jeune enfant, il avait couru avec ses camarades de jeux vers le cimetière tout proche de la maison des Delchère. Il ne put s'empêcher de ralentir lorsque, tout à coup, s'imposa la mystérieuse maison du notaire. Quelle idée farfelue le poussa alors à s'approcher de la clôture des jardins, sur l'arrière ? Il l'ignorait, mais tel un gamin, il se hissa par-dessus la haie et comme un voleur à l'affût embrassa d'un regard chargé de souvenirs le vaste parc ombragé d'arbres centenaires.

Il devina un homme assis dans un fauteuil de rotin, un homme qui n'était autre que le notaire, solitaire, silencieux. Pas un bruit n'émanait de cette demeure habitée d'ombre. L'homme ne bougeait pas, respirait doucement, comme si son seul bonheur, désormais, consistait à respirer la tiédeur du soir. Près de lui, sur une petite table, reposaient trois livres et quelques documents.

La mémoire d'Antoine s'enflamma soudain. Il se souvenait, oh oui, il était entré ici une seule fois. *La* fois. Alors qu'il habitait à Esquiral et qu'avec sa mère ils travaillaient tous deux chez les Chavaroche. Il avait été chargé d'une mission particulière par son patron. Il s'en souvenait parfaitement. C'était une grande enveloppe, et il devait la remettre au notaire, attendre que celui-ci en prenne connaissance et y ajoute sans doute quelques annotations, puis la ramener à son patron.

Antoine avait alors dix-sept ans lorsqu'il se présenta à l'étude, le cœur battant tant la mission lui paraissait importante. Lorsqu'il toqua à la porte, ce fut une jeune fille qui vint lui ouvrir, souriante Rose-Louise.

– C'est à remettre au notaire, je veux dire à maître De Laleuze, et je dois ramener la réponse à M. Chavaroche…

Dans cette maison qui lui avait toujours semblé si austère, la plus jolie fille de la Terre lui était apparue, là, face à lui, et l'accueillait avec le plus doux des sourires, lui, Antoine Coupière, le fils d'employés agricoles, celui dont on disait à l'époque plus de mal que de bien.

– Un instant, lui avait-elle dit, attends-moi ici.

Et il était resté sur place, statufié. Lorsqu'elle était revenue, il n'avait pas remué un cil.

– Mon père te demande quelques minutes, entre, allons dans le jardin si tu veux bien.

Il l'avait suivie comme il aurait suivi une reine, une fée qui daignait accorder un regard à son nain. Lorsqu'ils furent dehors :

– Voilà notre jardin, Antoine.

Et profitant de la surprise du jeune garçon qu'il était alors, elle avait ajouté :

– Nous sommes du même âge, non ? et nous ne nous connaissons pas, c'est triste, tu ne crois pas ?

Il la regardait, muet, incapable d'articuler un mot, foudroyé par le seul bonheur de pouvoir la contempler de près. Elle et son visage à l'ovale parfait, ses yeux d'un bleu mêlé de plomb, son sourire aux dents si blanches qu'il ajoutait à son port de déesse quelque chose de magique. Et, par-dessus tout, cette douceur si particulière, qui avait fait fondre son cœur. Elle avait dit… il entendait encore sa voix :

– J'ai été bien triste quand tu as perdu ton père, et souvent, oui, bien souvent j'ai pensé à toi. Je t'ai aperçu plusieurs fois mais tu ne m'as jamais regardée…

Et son cœur qui cognait, qui cognait à s'en rompre. Elle l'avait regardé, lui, et elle le lui avouait avec naturel, avec simplicité, elle avait ce courage.

– Tu ne parles pas beaucoup, Antoine…, avait-elle murmuré.

– C'est que… je ne sais pas quoi dire, j'avais très peur de venir à l'étude. On m'avait dit que… enfin…

– Oui, je sais ce que certains racontent, mais il ne faut pas croire les mauvaises langues. Mon père est sévère, c'est vrai, mais comme tous les pères.

Ce jour-là, Rose-Louise portait un caraco rose sur une jupe de coton blanc, et il n'avait jamais rien vu de plus gracieux, de plus sensuel. Il avait rassemblé tout son courage pour se rapprocher d'elle, et dans un geste insensé, impensable, il lui avait tendu sa main ouverte. Avec la même simplicité, avec ce même naturel qui le bouleversait tant, Rose-Louise avait posé la sienne au creux de la paume offerte, et leurs lèvres s'effleuraient encore quand la voix avait résonné : « Rose-Louise ? Où es-tu ? »

Son père... Son père venait de briser le plus beau rêve de sa vie, il l'avait su à la seconde même. Avant de répondre, elle avait souri en lui chuchotant : « Dommage... ce sera notre secret... »

Aujourd'hui, Antoine le contemplait, cet homme immobile dans sa vieillesse. Et qui ne saurait jamais quel rôle il avait joué dans son amour d'adolescent.

« J'ai vécu ici l'un des plus beaux jours de ma vie, et je ne l'ai jamais oublié ; Rose-Louise, où es-tu ? apparais-moi encore une fois... » Mais le rêve n'était plus, la méchante réalité l'avait dévoré tout cru. Seule, dans sa mémoire, demeurait cette longue cicatrice en forme de cœur. Plus jamais il n'avait revu Rose-Louise. Son visage, son sourire... sauf dans son sommeil.

Antoine rebroussa chemin, enjamba à nouveau la haie, et s'éloigna silencieusement de ce parc irréel.

Plus loin, les Delchère, tranquillement assis devant leur maison, près des rosiers en fleur, consommaient le temps qui passe en échangeant quelques mots, à l'économie.

– Ho, Antoine, c'est gentil de nous rendre visite !

– J'ai pensé à vous cet après-midi, il y avait beaucoup de monde malgré la chaleur, mais vous n'y étiez pas.

– Faut être fou pour jouer aux quilles par cette chaleur, ou alors faut être jeune !

Ils l'invitèrent à entrer dans la fraîcheur de la pièce aux volets clos, lui offrirent à boire, et dans chacun de leurs gestes sobres, mesurés à l'aune de l'âge, derrière chaque demi-mot, s'exprimait leur cœur ravi : ils n'avaient pas été oubliés. Quelqu'un, un jeune, s'était ému de leur absence. Quel plus beau cadeau pouvait donc leur offrir cette journée ?

Puis Antoine s'en fut vers la place de l'église, non sans avoir caressé du regard le petit cimetière aux pierres encore chaudes où s'installait la nuit.

7

Il se rapprochait lentement du cœur du village où l'attendait Valentine.

Sur la petite place rendue à la paix, deux ou trois couples se promenaient, goûtant la fraîcheur, et quelques jeunes gens discutaient et riaient. Au café, Valentine le pria d'attendre un instant, le temps de servir les derniers clients, après quoi sa patronne prendrait le relais. Ce qui fut expédié prestement.

Valentine rejoignit Antoine et tous deux s'éloignèrent sous les ricanements et les plaisanteries de la petite bande :

– Attention les amoureux ! Hé, faut pas vous perdre, hein, vous voulez qu'on vous accompagne ?

Valentine riait. Depuis le retour d'Antoine, rien ne pouvait lui apporter plus de plaisir que d'entendre ces mots.

– Si nous allions vers le petit ruisseau, murmura-t-elle, il fait bon sous les feuillages.

– Comme tu voudras, répondit Antoine en lui prenant la main, ça me rappellera des souvenirs.

Tous deux marchaient côte à côte, leurs épaules

s'effleuraient, le sentier glissait sous leur pas, un petit sentier bordé de murets de pierres où s'accrochaient des ronces aux fruits tardifs. Les dernières lueurs du jour permettaient encore de grappiller quelques mûres.

– Tu te souviens de cette bagarre mémorable, là, entre ces murs ? Ah on s'était bien arrangés ce jour-là, et je ne me souviens même plus pourquoi... !

– Sûrement à cause d'une fille, railla Valentine. C'est toujours à cause d'une fille. C'était peut-être pour moi, Antoine ?

– Je sais seulement qu'à mon retour, quand ma mère a vu mon pantalon et ma chemise déchirés, j'ai eu droit à une sacrée sérénade, la pauvre femme... Je devais avoir dix-sept ans.

– C'est vrai que tu étais terrible et bagarreur. On te trouvait dans tous les sales coups, et dans les bals, plus tard, on craignait tes réactions, je m'en souviens.

Antoine, lui, se souvenait de cette colère qui le rongeait, de cette rage qui lui labourait les entrailles, persuadé que la disparition de son père lui avait enlevé toutes possibilités d'avenir.

– Je n'ai rien pu faire d'intéressant dans ma vie. Mon père disait que je pourrais apprendre un métier, devenir apprenti et puis ouvrier comme tant d'autres. Nous en avions parlé ensemble. Et puis crac ! le terrible accident. Finis, écroulés les projets. Il a fallu que je travaille avec ma mère chez les Chavaroche et habite là où tu sais. Pour ma mère, il est vrai que c'était la meilleure des solutions. Quant à moi, j'ai dû suivre, la mort dans l'âme, et mon père me manquait tellement.

– Tu n'avais pas le choix, Antoine. Et moi, tu crois

que j'ai eu la possibilité de choisir ma vie ? Une gamine placée par l'Assistance publique chez ma tante… Ils m'ont aimée, ça je peux le dire, et c'est beaucoup. Mais pour le reste… Avant même de m'en rendre compte, je travaillais là où on me demandait. Une domestique, voilà ce que je suis.

Le silence ne masqua pas leur gêne, ces regrets qu'ils avaient fourbis comme une arme.

Ils avaient quitté les jardins et emprunté un chemin plus large, sous les arbres dont le feuillage sombre accentuait la nuit. Valentine serra un peu plus la main d'Antoine.

– S'il n'y avait pas eu cette guerre…, gronda-t-elle.

– La pire des choses au monde !

– Tu as mis si longtemps à revenir, ç'a été si long.

– Chacun a son histoire, coupa-t-il sèchement en lâchant sa main.

– Ne te fâche pas, Antoine, je ne veux pas te faire de mal, tu le sais bien. Et puis, toi, au moins, tu es revenu.

– Je ne resterai pas au pays, Valentine. À moins que…

Elle crut entendre là comme un appel et l'enlaça très fort. Il ne put la repousser. Il eut la force de murmurer :

– Valentine, tu es bien jolie, et beaucoup d'hommes doivent t'espérer, mais je suis déjà…

Le reste mourut sous les lèvres de Valentine, fougueuses et tendres… Des lèvres qui n'exigeaient que le plaisir.

Antoine se détacha d'elle, fermement.

– Valentine…

Elle lui fit face tout à coup, et dans la pénombre des feuillages il perçut sa déception, son incompréhension.

– Mais qu'est-ce qui se passe, Antoine ? Qu'est-ce qui te retient ? Je ne te plais plus, c'est ça ?

Antoine détourna la tête, sans répondre, et s'éloigna de quelques pas.

Elle le rattrapa, en silence, et ils reprirent le chemin du ruisseau tout proche.

Le jour n'en finissait pas de mourir à l'horizon, une lueur orangée jouait encore sur l'eau, sur les énormes blocs de pierre qui émergeaient de l'eau phosphorescente.

Tous deux s'assirent, happés par le bruit du courant.

– Tu as l'air si préoccupé, Antoine…

Il était bien décidé à éluder toute question.

– Si tu fixes le mouvement de l'eau, on croit voir que seule la couche du dessus, la partie supérieure se déplace, au fond, rien ne semble bouger, je me suis toujours demandé pourquoi.

Valentine tenta désespérément d'observer le phénomène, mais l'impatience la gagnait.

– Antoine, il fait bientôt nuit, pensons à autre chose, veux-tu ?

« Je suis sans doute trop pressée », pensa-t-elle. Et elle décida de remettre à plus tard ses intentions. Elle se leva, silhouette fine contre le mur d'ombre.

La nuit avait maintenant noirci les contours et le ciel, entre les feuillages, allumait son milliard d'étoiles. Un souffle frais montait de l'eau, un léger clapotis de crapauds en balade, quelques coassements en sourdine, comme une confidence… Le lieu prenait ses quartiers de nuit.

– Valentine, tu te souviens des châtaignes grillées que nous préparait ma mère dans la cheminée, certains soirs ?

– Oui, c'était toujours le dimanche, le seul jour où elle ne travaillait pas. Je me souviens aussi de ce pain perdu qu'elle nous avait préparé par surprise, quel régal ! Nous avions quoi… treize ans ?

– Quinze ans. Et pas encore de mauvaises idées quand nous nous cachions dans le foin de la grange.

– Moi, j'avais déjà envie que tu m'embrasses, mais tu ne t'es jamais décidé, dit-elle en lui caressant la main. Tu avais peur de quoi ? que ta mère le sache ?

– Ma mère… pauvre femme. A-t-elle seulement eu quelques joies ?

– Tu es vraiment trop triste ce soir, Antoine, viens, rentrons tranquillement.

– Demain commencent les moissons, une grosse semaine se prépare.

Valentine se tut. L'esprit d'Antoine errait si loin d'elle. Le questionner n'aurait servi à rien, elle le savait. La nuit dissimulait maintenant leurs silhouettes, autant que leurs pensées profondes.

Ils rentrèrent au village, s'embrassèrent sur la joue, et se séparèrent.

Valentine se jura avec force qu'elle n'avait pas dit son dernier mot.

Sur le chemin de Fonterouge avalé par l'ombre, Antoine se sentait la proie de tentations contradictoires.

Bougre l'attendait devant la porte. Il leva le museau et entama sa danse de bienvenue aux pieds d'Antoine.

– Tout beau, tout beau, oui, tu es content… Moi aussi je suis content de te voir.

Le chien lui léchait les mains, le reniflait, comme s'il voulait le débarrasser de ses tourments.

– Toi au moins, tu as une maison et une famille… Va dormir, mon chien, demain une rude journée nous attend.

Comme tant de fois, avant que ne pèse le sommeil, Antoine tenta de capter un autre regard, ce sourire plein de pure tendresse…

Réveil difficile en ce lundi matin. Les Vieillessente l'attendaient déjà, prêts pour cette première journée de moisson.

Louis l'accueillit avec un sourire entendu qui semblait dire : « Tu as droit à l'amusement pendant la nuit, mon garçon, mais au matin, rien ne doit changer ! » Antoine l'avait bien compris, et l'espace d'un agacement, il s'en voulait de s'être laissé embaucher. Bah ! Ce n'était pas si mal après tout, et dans quelques semaines il s'en retournerait.

Un café rapide avant la traite, première tâche de chaque jour, suivie du nettoyage de l'étable, et tout cela à l'ancienne, selon la méthode ancestrale des paysans. « Archaïque ! Tout ici est archaïque ! » pesta-t-il in petto. Mais il n'était pas là pour critiquer les méthodes de travail du coin. Il se sentait seulement d'une humeur de dogue.

– J'ai ouvert le premier passage hier avec Julia, dit Louis, ça nous avancera.

– La terre n'était pas trop humide après cet orage ?

– Un ou deux jours de plus n'auraient pas fait de mal, mais on ne peut pas attendre, déjà que…

Avant de se diriger vers le champ, ils parquèrent le troupeau dans un pré voisin, facile à surveiller. La faucheuse n'attendait plus qu'eux, équipée de son siège métallique et de son système de lattes pour la séparation des javelles.

Le soleil commençait à chauffer les épis, et l'équipage se mit en route. Ce n'était guère loin.

Julia conduirait les bêtes, Louis, sur son siège, main sur le levier, donnerait les ordres, et Antoine, muni de son « liadou », lèverait et déplacerait les javelles afin de dégager le passage pour l'attelage et la faucheuse. Bougre regardait la manœuvre d'un œil intéressé, tandis qu'un gros chat venu de nulle part se tapissait dans l'herbe. Les oiseaux, surpris et blessés par la lame, feraient bientôt son affaire.

Le cliquetis de la longue lame sectionna les premières tiges avec un claquement sec. La moisson venait de débuter.

Antoine, dans son rythme adapté à l'avancée de la machine, assurait. Le champ se réduisait d'une largeur de lame à chaque passage.

Au bout d'une heure de labeur, l'attelage marqua une légère pause. On sortit la boisson fraîche conservée dans une rigole du pré voisin.

– Les épis sont assez beaux, le grain assez gros, constata Louis.

Puis tout reprit, le même geste répété, dans son

rythme monotone. On ne parlait pas, on œuvrait, chacun à son poste, sous un soleil de plus en plus cuisant. Oublié l'orage des jours précédents. Les Vieillessente exécutaient en ces heures les plus nobles travaux de l'été, répercutés de proche en proche dans toutes les fermes environnantes, au geste près, au rythme près, comme un écho plein de poussière et de sueur.

Du haut du champ, ils pouvaient apercevoir les autres moissonneurs, au loin…

Lorsque l'angélus marqua le temps, Louis contempla l'avancée du travail, debout sur sa machine comme un empereur sur son cheval passant en revue son armée.

– Dans une bonne demi-heure, nous casserons la croûte !

Le blé continuait à se coucher, mêlé à des herbes et des coquelicots. Les chaumes dressés s'en prenaient aux chevilles des travailleurs. Antoine, le dos brûlant, se penchait sur chaque javelle, la soulevait, la déplaçait, libérant ainsi le prochain passage.

L'heure de déjeuner arriva enfin. Ils dételèrent les bœufs et les conduisirent à l'abreuvoir, avant de les laisser souffler avec les autres bêtes au pré.

Julia sortit de son panier le repas froid qu'elle étala sur un torchon posé sur un coin d'herbe.

Pain, petit salé, saucisses, fromage, le tout accompagné de vin frais. Chacun s'accommoda d'une position plus ou moins confortable autour de cette table de fortune, à l'ombre légère et parfois trompeuse d'une haie haute. Ils se taisaient, ils s'économisaient… Les terres chantaient sous l'écrasement du soleil, faux silence, parfois rayé du cri d'un oiseau surpris qui décampait aussitôt.

Bougre s'était approché pour recevoir sa part, lui aussi, de main d'homme.

– Tu n'as pas perdu la main, Antoine, dit Louis, la bouche pleine. J'espère que tu sais aussi lier ? Je n'ai pas suffisamment de liens, tu seras obligé de terminer à la paille…

– Ce n'est pas un problème, oncle Louis. Je sais encore pratiquer la chose, assura Antoine en riant.

Louis et Julia échangèrent un sourire. Il était bien leur neveu. Peut-être un peu trop mystérieux, certes, mais si courageux et si habile.

Julia se lança :

– Notre domestique ne reviendra pas de sitôt, tu sais, alors, si tu veux rester encore avec nous, en septembre…

Antoine baissa le nez sur son pain.

Un long silence s'installa, au bout duquel, tout en relevant les yeux, Antoine répondit calmement :

– Je ne peux pas rester plus longtemps. Quelqu'un m'attend.

Louis déplaça machinalement son couvre-chef, et Julia attendit des précisions… qui ne vinrent jamais.

– Bon. Je vais dormir une petite demi-heure un peu plus loin, dit Louis en se levant. Vous devriez en faire autant tous les deux.

Si Antoine trouva un endroit plus ombreux, Julia ne se déplaça que de quelques mètres et demeura là, près de Bougre.

« Ma pauvre Marguerite, ton fils me donne du souci. Je ne sais pas d'où il vient et déjà, il veut repartir. Quelqu'un l'attend… Peut-être une femme, ce serait bien normal après tout. Mais alors, cette femme, pourquoi ne pas l'amener ici ? J'essaierai de savoir, rien ne l'oblige à nous le dire. Une seule chose est sûre, ma chère sœur, ton fils a changé, ce n'est plus le jeune turbulent que nous avions connu, il a mûri comme on dit. Le hasard a bien fait les choses pour une fois. Ce n'est pas pareil pour le mien qui ne vient plus nous voir... On voudrait bien le garder, ton Antoine, mais ça ne semble pas l'intéresser. Mais rassure-toi, je ferai de mon mieux pour lui et pour toi ! »

Lorsqu'elle rouvrit les yeux sur cette nature chaude qui faisait, elle aussi, sa sieste sous un ciel sans nuages, Julia paraissait plus sereine. Un peu de conversation fait toujours du bien... Bougre, qui la surveillait du coin de l'œil, pensait la même chose.

Les hommes reparurent, reposés, décidés à tondre le champ jusqu'à la nuit s'il le fallait.

Louis s'occupa de son couple de bœufs, eux aussi auraient préféré profiter du pré plus longuement.

Alors qu'Antoine et Julia échangeaient quelques mots, une silhouette apparut au coin de la parcelle, une silhouette qu'Antoine n'eut aucun mal à reconnaître.

– Voilà de l'aide, dit Julia, avec un sourire coquin qui disait bien ce qu'il voulait dire...

Antoine, surpris, acquiesça d'un signe de tête. Valentine avançait vers eux, souriante, un liadou – sorte de petit plantoir – à la main. À l'évidence, elle ne venait pas pour rien, elle offrait son aide, ses bras. Il arrivait parfois, dans ces moments de travail intense, qu'une personne se présentât pour aider les paysans dans leur moisson, sans y être invitée.

– Je sais lier la javelle, dit-elle avec un éclatant sourire, si je ne suis pas de trop...

– Au contraire, reprit Julia, une paire de bras supplémentaires, ça ne se refuse pas.

Antoine la salua, sans un mot, surpris de sa démarche. Louis était ravi de cette aide imprévue et tous se mirent au travail.

Valentine, la jolie brune vêtue de cotillons légers et d'un caraco de coton, marquait le champ d'une tache de couleur. Elle demanda une botte de liens et chacun put admirer sa dextérité à lier les javelles.

Antoine laissa filer un sifflement d'admiration.

– Elle sait tout faire, cette petite, dit Julia en clignant de l'œil. Ça fera une bonne épouse courageuse, dans un couple c'est important.

Aucun écho ne suivit cette tentative, mais Antoine avait entendu.

Valentine se mit à chantonner doucement, derrière le bruit de la mécanique, le souffle des bêtes et des hommes.

Les gerbes se rangeaient par cinq, le soir venu il faudrait les quiller, les placer debout, avant le ramassage du lendemain.

Antoine et Valentine se parlaient de temps à autre, se frôlaient parfois. Julia s'imaginait déjà… Louis ne voyait rien d'autre que sa machine.

Et elle tournait bien cette machine, malgré les cailloux et les mottes de terre qu'elle rencontrait. Dans son mouvement d'encerclement, elle réduisait les blés, elle les couchait. Et au fur et à mesure du fauchage, on ne coupait plus que dans le sens de la longueur, afin d'éviter les pertes de temps. Les javelles tombaient, se couchaient dans un crissement d'épis et de paille, se déplaçaient dans les bras d'Antoine jusqu'à ceux de Valentine qui les liait.

Bêtes et hommes réclamaient à boire. On s'épongeait le visage comme on pouvait mais dans l'équipe renforcée, le bonheur se lisait dans les yeux aux paupières chargées de brindilles. « Comme c'est magnifique de posséder une terre, un champ sur lequel on peut bâtir et construire sa vie..., pensait Antoine. Ni mes parents ni moi n'aurons ce bonheur. Nous serons toujours de pauvres gens... »

– Antoine, lui lança Valentine, quelque chose ne va pas ?

– Tout va bien, Valentine. Tu es magnifique au milieu de ce champ. Tu as laissé le bistrot pour nous ?

– J'y retourne en fin de soirée, mais comme tu m'avais dit que vous moissonniez aujourd'hui, j'ai voulu participer, et aussi te voir... Ne dis rien, Antoine, ne me reproche pas d'être là.

Ses yeux brillaient à la fois de crainte et d'espoir pour cet homme dont elle était follement amoureuse depuis ses plus tendres années et qui, jamais, n'avait répondu à ses avances.

– Nous avons bien du travail pour quelques jours, entre moissonner et rapprocher les gerbes près de la grange où se fait le battage. Je ne pensais pas avoir tant d'ouvrage en arrivant ici, mais je ne regrette pas, les Vieillessente avaient besoin d'aide.

Valentine se redressa, enveloppa Antoine d'un regard plein de tendresse.

– Tu peux me rejoindre après le travail, tu sais où j'habite... la porte restera ouverte pour toi, même tard...

Les heures fuyaient, et quand se leva la brise du soir, elle ne trouva plus son océan d'épis habituel. Il lui faudrait se griffer à l'éteule en attendant les prochains labours.

– Nous terminerons la coupe demain, annonça bientôt Louis. Il faut lier et quiller ce qui est à terre, Antoine. Je vais rentrer pour la traite avec Julia, vous deux restez le plus possible. Merci à toi, Valentine, tu nous as donné un sacré coup de main.

Les Vieillessente quittèrent les lieux avec l'attelage, lui aussi avait besoin de souffler.

Louis se retournait de temps à autre pour admirer l'étendue de la besogne accomplie, avec un intense sentiment de fierté.

– Demain nous aurons beau temps, nous essaierons de terminer ici et de commencer la petite parcelle de seigle. Ça devrait aller assez vite, surtout si la petite revient...

– Pour sûr qu'elle reviendra, pour sûr !

Antoine et Valentine liaient et levaient les gerbes en chapiteaux de cinq, ce qui donnait belle allure au champ. Plus loin, d'autres paysans achevaient l'identique besogne. Chacun se hâtait, le retour à la ferme ne tarderait plus.

Bougre attendait, le museau fouineur, à la recherche de quelque piste odorante.

Quand fut achevé l'ouvrage sous la lumière rasante du crépuscule, Valentine et Antoine s'en revinrent vers la ferme.

Valentine voulut prendre la main d'Antoine mais celui-ci refusa, prétextant que des gens les observaient. Valentine n'insista pas.

– Tu travailles comme si c'était ta terre, je t'ai bien observé, Antoine, il n'y a pas à s'y tromper.

– C'est vrai, je ne sais pas pourquoi. Lorsque j'étais chez les Chavaroche, je n'étais guère courageux, faut bien l'avouer. Avec le temps, la guerre et puis le reste, je me suis rendu compte de sa valeur, moi qui n'en aurai jamais. Mon père a laissé sa vie sur celle des autres, et pour moi ce sera pareil.

– Ni toi ni moi n'avons eu la chance d'avoir des parents riches, mais ça n'empêche pas de croire et d'espérer un petit bout de bonheur…

– Tu as sans doute raison, tu es plus optimiste que moi, Valentine.

Elle sentait bien qu'elle n'aurait pas si facilement Antoine. Aussi le quitta-t-elle sans insister, lui effleurant simplement les lèvres d'un baiser à la volée.

Julia s'affairait à la préparation du souper, sans montrer sa fatigue, comme il se devait à une femme.

– Demain le reste nous attend, annonça Louis. Faudrait que tu passes le lait à l'écrémeuse, Antoine, on nous a réclamé de la crème fraîche, du beurre aussi, et la baratte s'ennuie, faut dire que la production du lait a chuté, l'herbe commence à se faire rare.

– Je me lèverai plus tôt, oncle Louis. Manquerait plus que je devienne fainéant à mon âge !

Sourires amusés des deux autres. Antoine savait comprendre leurs soucis et ils appréciaient.

Le lendemain, mardi 12 août, et de bon matin, Antoine écréma le lait, s'occupa de l'étable, puis tous se retrouvèrent sur le champ où, à l'inverse d'une tonsure, son centre était debout, découpe surprenante.

Dès que le soleil le permit, le trio reprit la moisson.

– Pour que ce soit terminé à la mi-journée, il n'y a pas de temps à perdre. Faudrait bien commencer le seigle dans l'après-midi, annonça Louis en jetant à nouveau un regard vers le ciel, ce qui voulait dire vers le temps.

Lever les yeux vers le ciel : premier geste du jour pour le paysan. Premier geste du premier homme.

Pour aujourd'hui et les quelques jours à venir, aucune crainte à avoir. Et de nouveau, hommes et bêtes se mirent au travail.

Comme la veille, après la sieste, Valentine apparut dans ses vêtements de soleil.

– Tu as de la compagnie, dit Julia adressant un clin d'œil à Antoine.

– Il vaudrait mieux que ce soit pour vous que pour moi, déclara Antoine avec un air si détaché que Julia eut du mal à comprendre.

Comme tout le blé dormait maintenant en javelles et en gerbes, Louis et Julia s'éloignèrent vers la parcelle de seigle.

– Vous nous rejoindrez dès que vous pourrez, nous, on va ouvrir le premier passage.

Antoine n'avait guère envie de parler et Valentine l'avait compris dès le premier regard. Elle ignora pourtant cette attitude et se mit à lier comme la veille. Antoine en fit autant. On n'entendait plus alors que le crissement des tiges de paille qui semblaient gémir sous l'étreinte du lien. Tous les deux allaient bon train.

Soudain, piquée au vif, Valentine lança :

– Tu n'es guère bavard, Antoine. Ma présence te gênerait-elle tant que ça ?

– Tu ne penses pas ce que tu dis, j'espère..., se défendit Antoine sans conviction. Il y a seulement des jours où l'on n'a pas envie de parler.

– Je t'ai attendu hier soir, jusqu'à plus de minuit...

Antoine, qui n'avait rien promis, s'accorda le droit de ne pas répondre.

Les petits chapiteaux de gerbes s'alignaient maintenant sur les chaumes tandis que des volées de moineaux se disputaient les grains échappés des lourds épis. Une compagnie de perdreaux les rejoignit en fin de journée. Encore une heure et le silence tomberait à nouveau sur cette terre pelée.

Antoine se résigna à lâcher quelques mots sous peine de malaise grave.

– Tu travailles autant qu'un homme, dis donc ! Tu lies aussi vite que moi !

– Et pourtant je suis une femme ! s'écria-t-elle en se redressant vivement. Une femme ! Mais peut-être qu'il te manque les yeux pour le voir !

Antoine sursauta, surpris par le ton de la réplique.

– Une jolie femme, oui, une jolie femme pour celui qui te prendra, et il aura de la chance celui-là !

Une bouffée de fureur souleva Valentine. Elle jeta de toutes ses forces la gerbe qu'elle avait en main et s'enfuit en courant, les yeux pleins de larmes.

Il la regarda s'éloigner jusqu'à ce qu'il ne puisse plus la distinguer, et se remit au travail, pas très fier de lui.

Il ne restait plus qu'une rangée de javelles à lier et dans quelques instants il rejoindrait Louis et Julia à deux cents mètres de là. Penché sur la terre, tout à son malaise, il ne vit pas tout de suite le curé Boussal qui l'observait du bord du champ, un mouchoir noué aux quatre coins sur la tête. Pour le coup, l'image le fit sourire. Afin de lui éviter de traverser les chaumes dressés telles des hallebardes, Antoine alla à sa rencontre.

– Vous avez du courage, père Boussal, pour sortir par ces temps de chaleur, au risque d'une insolation !

– Avec la protection de Dieu..., dit-il en montrant le ciel, je ne crains pas trop. Je voulais te renouveler mon invitation, il faut qu'on bavarde tous les deux, j'ai appris que tu avais l'intention de t'en aller. Est-ce bien vrai ?

– Oui, avant la fin du mois en principe, juste après les battages, on s'est entendus avec l'oncle et la tante.

– Vendredi soir, pourrais-tu venir me rejoindre à la cure, en fin de soirée, je t'invite à souper. Je peux compter sur toi ?

– Si je vous disais non, vous ne seriez pas content. C'est oui, bien entendu, le gros des moissons sera terminé.

– Les jours passent si vite, mon pauvre Antoine, la fin du mois sera vite là...

Antoine opina du chef.

– Pouvez-vous m'attendre, le temps de terminer la rangée et vous m'accompagnerez jusqu'à l'autre champ ? C'est un peu plus loin, sur votre chemin.

– Ça me donnera le temps de souffler, je vais gagner un coin d'ombre et t'attendre.

Antoine en avait oublié la colère de Valentine.

8

Le vendredi arriva bien vite dans le petit village de Saint-Santin-les-Roses. Terminée la moisson. Le char à foin transformé en gerbière avait transporté les gerbes jusqu'au terrain plat jouxtant la grange, l'aire de battage. Là, trois énormes meules – deux de froment et une de seigle – attendaient le jour du battage sur l'emplacement pouvant réceptionner la locomobile et la batteuse. Antoine avait assuré ce travail de bonne grâce, avec dans le cœur un brin de nostalgie. « Je n'aurai peut-être plus l'occasion de revoir battre le blé de cette manière », se disait-il en souriant.

Il n'avait pas revu Valentine depuis mardi. Ce qui laissait supposer une grande fâcherie... Dimanche, il se rendrait sur la place, et là ils ne pouvaient éviter de se rencontrer.

Une autre pensée avait trotté dans la tête d'Antoine durant toute la semaine : il ne pouvait repartir sans avoir revu Rose-Louise, au moins une fois. Il se souvint alors que les De Laleuze ne rataient aucune messe le dimanche...

Antoine frappa à la porte de la cure, une minuscule maison à cinquante mètres de l'église et entourée d'un jardinet dont l'homme en soutane savait tirer part, à en juger par les légumes superbes qui montraient le nez, même en saison estivale. Le curé Boussal accueillit chaleureusement son invité.

– Entre, mon cher Antoine, je suis heureux que tu aies accepté de venir rencontrer ton vieux curé. J'espère que tu as passé un bon 15 août, fête de la Vierge Marie ?

– Bien sûr, père Boussal, assura Antoine pour qui ce jour-là n'avait été qu'un petit jour de repos.

Finaud, le curé sourit d'un air entendu.

– Nous avons tant de choses à nous raconter…

Le logement se composait essentiellement d'une grande pièce, avec un coin-cuisine, près d'une cheminée traditionnelle que jouxtait un fourneau à Butagaz ; l'autre bout de la pièce lui servait sans doute de bureau, la table disparaissait sous un amoncellement de paperasses diverses, près d'un fauteuil défoncé et de deux chaises épargnées, destinées aux visiteurs. Une simple croix sur le mur clair coiffait une porte sombre donnant sur sa chambre.

Deux couverts attendaient sur une petite table, non loin de la cheminée.

– Tu vois, Antoine, rien n'a changé ici. J'ai la chance que les De Laleuze m'envoient chaque jour leur femme de ménage pour me préparer ma pitance et tenir le logis propre. Cette aide est pour moi un don du ciel. Je vieillis, que veux-tu, chacun son tour !

– Vous n'avez guère changé depuis presque sept ans.

– Assieds-toi ici. Ce n'est pas un repas de fête que nous allons partager, l'essentiel est que nous bavardions. J'ai tout de même un petit apéritif de côté, tu n'y vois pas d'objection ?

Antoine souriait, il connaissait le bon vivant qui ne refusait jamais de partager bonne table et bon vin.

– Je te le dis tout droit, on parle pas mal de toi en ce moment, cher Antoine, dans notre paroisse de Saint-Santin-les-Roses. Ton retour tardif fait jaser, selon le terme consacré. Voilà pourquoi je t'ai demandé de venir. Les prisonniers comme toi sont souvent ignorants de ce qui s'est réellement déroulé en France et j'ai compris que tu étais de ceux-là. La joie devrait primer sur tout le reste mais, vois-tu, on ne peut pas modifier l'esprit des gens… Alors ils soupçonnent…

– Je suis revenu pour voir ma mère, coupa Antoine, pour lui parler. Je n'ai pas choisi d'aller à cette saleté de guerre, et pourtant je dois dire que j'ai été heureux quand on m'a annoncé le départ vers l'Est de la France. J'étais à l'armée depuis quelques mois quand ça s'est passé et le fait de servir mon pays me rendait fou de joie. J'allais enfin me rendre utile !

Le curé se demanda si Antoine avait bien compris sa question ou s'il l'écartait volontairement. Il changea de tactique.

– Je ne t'ai pas préparé un repas pantagruélique, juste du jambon cru du pays, une omelette aux cèpes que je vais te préparer moi-même, une salade et un fromage. J'ai un petit cahors en réserve, tu m'en diras des nouvelles…

– Je vous fais confiance, père Boussal.

Le repas combla les deux convives, le cahors se fit complice. Puis, tout doucement, ils engagèrent la conversation sur la guerre et ceux du village qui n'en étaient pas revenus.

– ... Je ne sais qu'une chose, expliquait Antoine. C'est qu'un jour, pendant mon service militaire, on nous a annoncé la mobilisation générale. Le pays était en danger et nous devions partir pour le défendre. Et moi, père Boussal, j'étais heureux d'en être ! Qui aurait pu imaginer ce qui nous attendait...

Le curé observait Antoine. Ce brave garçon avait perdu son père à 14 ans, au moment le plus difficile pour lui. Il n'était jamais allé plus loin que les bourgs voisins pour quelques bals ou fêtes votives. Il n'avait jamais aimé ni les livres ni l'école, pas plus l'histoire ou la géographie, même le journal ne l'intéressait pas. Égaré dans la vie, il s'était cru libre. Tel l'oiseau. L'annonce de la guerre avait été pour lui l'occasion de découvrir enfin l'extraordinaire. Avant de déchanter. Son cas n'était pas rare. Il en avait connu de ces petits gars des campagnes sonnés par l'atroce réalité de la guerre. Pas de place pour le rêve dans tout ça !

– Je vais te raconter en quelques mots, si j'ose dire, ce qui s'est passé et ce qui a déclenché ces terribles événements. Tu n'es pas le seul à ignorer ces choses. Privés de liberté, obligés de travailler dans des conditions terribles, les prisonniers n'ont entendu que ce qui circulait, des bruits pas toujours fondés.

Antoine le regardait, sur la défensive, prêt à entendre mais aussi à trier.

– Les nazis d'Hitler ont commencé par écraser la

Pologne, soutenus par les fameux avions Stukas et autres bombardiers. Stupéfaction dans le monde entier. L'Angleterre déclare la guerre à l'Allemagne suivie par la France le 3 septembre 1939. Le voilà ton ORDRE DE MOBILISATION GÉNÉRALE ! La France mobilise et envoie des troupes de couverture le long du Rhin et en avant de la ligne Maginot, entre la frontière du Luxembourg et la Suisse. En décembre, coups de main des Corps Francs (des volontaires). En découlent les premières mauvaises nouvelles des « morts au champ d'honneur ». Le terrible hiver 1939-1940 s'installe. Le thermomètre tombe à moins 20°. Et c'est l'attente. En avril, Hitler lance ses troupes à la conquête du Danemark et de la Norvège. Une opération franco-anglaise tentera de s'y opposer avec un succès limité. Le 10 mai 1940, par un jour de printemps, ciel bleu et clair, les Allemands envahissent la Hollande, la Belgique et le Luxembourg, précédés de bombardements intenses et de lâchers de parachutistes !

Antoine écoutait sans broncher. Sa mémoire reconstituait un puzzle.

– Les Allemands envahissent la France, contournent la ligne Maginot et la franchissent par ses points faibles. C'est l'exode qui commence et le 13, les panzers de Guderian et de Rommel sont à Sedan ! Sais-tu ce qu'est la ligne Maginot, Antoine ?

– Bien sûr. Mais je ne connais pas son emplacement exact.

Le curé se leva, prit des papiers sur ce qui lui servait de bureau et déplia une carte de l'Europe. Il suivit du doigt le tracé de la ligne de fortifications et des différents pays dont il lui avait parlé.

– C'est un système fortifié, construit dans les années 20 et 30, le long de la frontière française du Nord-Est, avec des blockhaus dissimulés dans des souterrains. Elle a été considérée infranchissable à tort. Les Allemands la contournent et foncent vers la capitale. Les soldats français sont pris au piège et se rendent. Tu étais peut-être de ceux-là ?

– Oui, dit Antoine en baissant la tête.

– L'armée d'Hitler fonce sur Paris. Les troupes franco-anglaises qui combattent en Belgique ne peuvent pas revenir à temps et seront envoyées en Angleterre par bateaux depuis Dunkerque et quelques autres ports, malgré les bombardements de la Luftwaffe et de l'armée allemande qui les encerclent.

– Et nous, nous sommes déjà prisonniers... en grande partie et en France ! Nous ne partirons pour l'Allemagne que plus tard et dans des conditions de voyage atroces.

– C'est vrai, mon pauvre Antoine, nous nous sommes fait prendre comme des rats... En juin, le 10, le gouvernement de la France quitte Paris pour Bordeaux. Le 14, Paris est déclaré « ville ouverte », plus rien n'empêche les Allemands d'y pénétrer. En quelques mots, la « Bataille de France » désigne l'invasion allemande des Pays-Bas, de la Belgique, du Luxembourg et de la France. Commencée le 10 mai 1940, elle se termine le 22 juin par la capitulation des armées françaises et la signature de l'armistice le 22 juin 1940 par Pétain.

La France est coupée en deux, la zone occupée et la zone libre ; en gros, la zone nord et la zone sud. Les derniers combattants de la ligne Maginot, pris à revers ne se rendront que le 30 juin. Presque tous les soldats envoyés pour protéger les frontières sont faits prisonniers et envoyés dans des camps de travail en Allemagne.

– Et vous, vous connaissez tout ça par cœur, père Boussal ?

– Je m'y suis beaucoup intéressé. Tu verras, ce n'est plus un secret pour personne…

– Fin juin, moi, j'étais en Allemagne, je ne sais plus où d'ailleurs. Parqué avec mes camarades dans des baraquements, des hangars, ou à la belle étoile, affamé et dans la crasse. Parfois on nous déplaçait et on voyageait à pieds entre deux gares, les wagons à bestiaux étaient surchargés. On se demandait où on nous emmenait et pour quoi faire. Nous tuer peut-être ? Certains le pensaient, d'autres affirmaient que, dans ce cas, ils l'auraient fait sur place ! Nous étions prisonniers sans avoir fait la guerre !

Le curé Boussal se taisait prudemment, heureux d'avoir provoqué en lui l'envie de dire, de se raconter. Mais Antoine s'arrêta vite, comme embarrassé, après avoir dit :

– Bien plus tard, j'ai appris que des milliers et des milliers de soldats avaient été expédiés en Allemagne.

– Un million et demi de prisonniers ! reprit le curé. En Allemagne, vous avez remplacé tous les hommes absents : ouvriers, paysans, employés, etc., pendant qu'ils combattaient dans l'armée d'Hitler et la France s'est trouvée diminuée d'autant de bras. Certains Français se sont évadés, ils ont rejoint les forces libres, mais une infime partie seulement. Pourtant il a fallu tenir, résister et se révolter. C'est à ce moment-là qu'un colonel nommé Charles de Gaulle a rejoint Londres d'où il lance le 18 juin 1940 son appel à la résistance à la radio. Mais le 22, Pétain signait l'armistice à Rotondes. Fin mai, de Gaulle est reconnu « Chef des Français libres » et Pétain prend le titre de « Chef de l'État français ». Les mouvements de résistance naissent. D'autres ont préféré la défaite et se sont rangés du côté de Pétain. Bientôt, les Juifs de France ont dû porter l'étoile jaune, ils étaient devenus la cible d'Hitler et de Pierre Laval, qui en collaborant a permis leur expulsion de France et leur envoi en camps de concentration en Allemagne, en Pologne et plus loin encore. Pendant ce temps, la Résistance se mobilisait et s'organisait tant bien que mal. Et puis en 1943, le gouvernement de Vichy a créé une organisation politique et paramilitaire pour lutter soi-disant contre le terrorisme – c'est-à-dire contre la Résistance : la Milice. L'âme damnée de la Gestapo et des forces allemandes. Les miliciens ont participé à toutes les cochonneries perpétrées contre les Français : traque des Juifs, des résistants, des réfractaires au STO, des homosexuels, des gitans et autres « déviants » étiquetés par le régime nazi.

– Et au pays, père Boussal, comment ça se passait ?

– Nous avons été en zone libre dirigés par Pétain jusqu'en novembre 1942, date à laquelle sont arrivés les Allemands et les Italiens. Je te montrerai sur une carte la ligne de démarcation entre les deux zones. Avant la généralisation de l'occupation sur toute la France, beaucoup de gens s'étaient réfugiés au sud de cette ligne.

– Ce que je n'arrive pas à comprendre, c'est cette haine des Juifs.

– Hitler avait décidé leur extermination pure et

simple : la shoah. C'était une organisation bien huilée, bureaucratique, je dirais, qui a réussi à détruire six millions de Juifs. Mais aussi des Slaves, des Tsiganes, des témoins de Jéhovah, des handicapés...

– Et le peuple allemand dans tout ça ? J'ai pu voir qu'ils n'étaient pas tous d'accord.

– Ceux qui ne l'étaient pas et qui le manifestaient disparaissaient, tu vois ce que je veux dire. Ceux qui voulaient vivre acceptaient ou faisaient semblant, la SS veillait.

Le curé se tut. Sur son visage, passaient les ombres des émotions qu'il contenait.

– Ici, nous n'avons souffert que de quelques restrictions alimentaires : le manque de sucre, de beurre, de pâtes, de café. Les cartes de rationnement ont fait leur apparition et le marché noir aussi... Dans les campagnes, les femmes ont pris courageusement la relève des hommes, dans les tâches les plus rudes, elles nous ont sauvés, je peux le dire. Et puis, bien sûr, la délation a fait des ravages, certains en ont profité pour régler des comptes.

» Et tout à coup, le 7 décembre 1941, et crois-moi c'est une sacrée date, les Japonais attaquent la base navale américaine de Pearl Harbour, dans l'océan Pacifique, comme ça, sans aucune déclaration de guerre. Du coup, Britanniques, Soviétiques et Américains s'unissent et s'organisent. Eisenhower prépare le débarquement depuis l'Angleterre et, le 6 mai 1944, plus de 4 000 navires se dirigent vers la Normandie. Des milliers de soldats alliés perdent la vie sur les côtes françaises mais le débarquement le plus inimaginable de tous les temps réussit. Rien n'est pourtant terminé à l'Est. L'armée de Staline avance vers l'ouest et, le 25 avril, elle rejoint les forces américaines autour de Berlin. Dans son bunker, Hitler se suicide, et, le 8 mai 1945, l'Allemagne capitule sans condition. C'est seulement à ce moment, mon cher Antoine, que les prisonniers sont libérés et peuvent enfin rentrer chez eux.

Ça bouillonnait dans la tête d'Antoine. Il ne pouvait croire que tous les Allemands étaient ainsi, ce n'étaient pas tous des nazis… Et puis il pensait aux résistants, ceux qui avaient contribué à la victoire.

Il osa la question qui lui brûlait les lèvres :

– Les résistants ont eu à se battre contre les Allemands, ici, au pays ?

– Je te raconterai un jour les exploits des maquisards. Ils ont payé un lourd tribut, mais ils ont été félicités par Eisenhower pour leur bravoure et les opérations courageuses qu'ils ont menées, dont celle du mont Mouchet. Les civils ont malheureusement payé par la boucherie de Tulle et le massacre d'Oradour-sur-Glane. Les FFI ont joué un rôle vital dans l'issue de la guerre. Sans leur participation et leur organisation, le destin de la France ne serait peut-être pas ce qu'il est aujourd'hui ! Voilà, mon cher enfant, tout ce que je peux résumer pour toi de cette longue tragédie. Mais, dis-moi… Lorsque je t'ai rencontré, le premier jour, tu m'as dit avoir quelque chose à me confier…

Antoine fit mine de réfléchir, avant de secouer la tête.

– Je ne me souviens plus, père Boussal, pardonnez-moi…

– Ça te reviendra peut-être.

Antoine se leva. Il lui tardait maintenant de réfléchir à tout ça, de se retrouver seul. Il tendit la main au curé.

– Merci pour tout, père Boussal, je dois me lever tôt demain. Je vous souhaite une bonne nuit.

– Bonne nuit, mon garçon. Que Dieu te donne la paix de l'âme.

D'un pas lent, Antoine rejoignait maintenant Fonterouge, dans la douceur ouatée d'une nuit calme, la tête pleine de pensées contradictoires. S'il avait appris certaines choses du curé, il en connaissait d'autres, étrangement différentes.

Samedi 16 août. Julia s'absenta toute la matinée, partie de bonne heure et lourdement chargée au marché de Saint-Santin-les-Roses, vendre beurre, œufs et légumes.

Tous les samedis matin, sur la petite place, les paysans des alentours proposaient leur production dans une ambiance joyeuse et bruyante, pleine de couleurs, de senteurs, des cris de volailles que l'on tâte, d'appels et de conversations… Chacun vient là faire affaire, tant les vendeurs que les acheteurs, et discuter des mille choses de la campagne. Des forains, des marchands ambulants suspendaient à leurs toiles des vêtements de travail pour les hommes, des blouses et tabliers pour les femmes, des chaussures, de la mercerie, de la quincaillerie.

Julia vendit si bien le contenu de ses paniers ce jour-là qu'elle envisagea des emplettes imprévues… Certaines personnes lui demandaient des nouvelles d'Antoine, jusqu'à Valentine qui, en coup de vent, voulut lui remettre un message. Puis, vers onze heures et demie, elle s'en retourna à Fonterouge.

– Vous les hommes, vous semblez perdus quand les femmes s'absentent, dit-elle en riant de bon cœur en voyant les deux hommes s'impatienter devant la table vide.

Mais Julia avait pensé à tout avant de partir, et le repas, bien que froid, ne manqua pas de saveur. Elle n'oublia pas de transmettre le message de Valentine à Antoine.

En servant le café, elle déposa d'un geste vif un paquet sur la table, près d'Antoine.

– Tiens, c'est pour toi, tu le mérites bien !

Il regarda sa tante, puis son oncle, sans comprendre. Julia, d'un mouvement de tête, l'encouragea à ouvrir le paquet. Bougre semblait lui aussi s'intéresser au contenu, la truffe reniflante.

– Tante Julia, pourquoi cette dépense, j'ai ce qu'il faut…

– Demain c'est dimanche, tu pourras te changer un peu. Il y a des filles à qui ça plaira peut-être, va savoir…

Bien pliés au creux du papier d'emballage, un pantalon et une chemise assortie apparurent. Antoine déplia délicatement les vêtements et examina le pantalon, à bout de bras.

– Il me plaît bien, mais ça me gêne beaucoup, tante Julia, merci, merci encore.

– Allons, ne fais pas tant de manières sinon tu vas rendre Louis jaloux !

Louis ne disait rien mais souriait, Julia avait eu raison, Antoine travaillait plus qu'un journalier ordinaire, c'était donc mérité.

– Juste ma taille ! Tu as un sacré coup d'œil, et ce bleu, j'aime beaucoup le bleu !

Louis s'empressa d'arrêter là les effusions.

– Tu ne nous parles pas de ta soirée avec le curé Boussal. J'espère que tu as bien dîné et qu'il t'a fait boire un bon coup, c'est un connaisseur…

– Ça s'est très bien passé, il m'a appris des choses que j'ignorais sur cette guerre, nous aurions pu y passer la nuit, il semble tout connaître, cet homme.

– Il était bien placé pour ça…, annonça Julia. Ce curé-là a joué un grand rôle dans la Résistance par chez nous.

Antoine hocha la tête. Tout devenait clair…

– Il ne s'est jamais vanté de rien, souligna Louis. Mais il a aidé pas mal de gens. Des grosses pointures sont venues ici. On a voulu le décorer, le médailler, mais il a toujours refusé.

– Je comprends mieux, se contenta de répondre Antoine. Mais j'aurais préféré le savoir avant…

Les Vieillessente, un tantinet coupables, se turent.

Antoine en profita pour aller vers sa chambre et ranger ses nouveaux vêtements, non sans avoir remercié encore une fois Julia et Louis de leur geste généreux. De quoi se changer, ce n'était pas superflu, sa valise ne contenait que le strict minimum.

Le dimanche, à partir de neuf heures trente, Antoine avait sa liberté. Or, ce matin-là, il décida de se rendre au village et, de plus, à la messe, ayant une autre idée en tête. Mais il avait prévenu sa tante qu'il serait là pour le déjeuner. Quant à l'invitation de Valentine pour le bal du village voisin, il ne l'avait pas oubliée.

Il s'était taillé la barbe, ses nouveaux vêtements méritaient bien cette coquetterie qu'il apprécia devant le miroir : « J'en avais bien besoin, en effet ! »

À Saint-Santin-les-Roses, le carillon des cloches appelait les fidèles. Petit à petit, les paroissiens arrivaient – plutôt les paroissiennes – parlaient entre elles un moment et entraient dans l'église. Antoine cherchait vainement un visage. Il entra l'un des derniers et se glissa entre deux bancs dans le fond, pas très loin de la porte, comme le font généralement les hommes. Il scrutait de son mieux les silhouettes, cherchant à deviner laquelle pouvait bien être celle de Rose-Louise.

Il pensa soudain à sa mère, puis à une autre personne, qui elle aussi devait assister à l'office dominical.

Le sermon du père Boussal ne le passionna guère et, lorsque les portes s'ouvrirent, il fut le premier à sortir. Sans s'éloigner toutefois, espérant toujours. Les fidèles sortaient, par petits groupes. Antoine patientait. Soudain, une jeune femme, tenant un enfant dans chaque main, apparut dans la clarté du jour. Il ne pouvait pas se tromper. Rose-Louise avançait et semblait chercher quelqu'un du regard, son mari sans doute.

En une fraction de seconde, leurs regards se rencontrèrent. Elle le dévisagea sans rien dire, hésitante, puis dit à ses enfants :

– Attendez-moi une seconde, je reviens.

Elle s'avançait vers lui, lui vers elle. Elle le reconnaissait. Ils s'arrêtèrent, face à face. Elle lui tendit la main.

– Bonjour, Antoine.

– Bonjour, Rose-Louise.

– Je suis si contente que tu sois revenu, j'ai tellement prié pour ton retour…

Leurs mains tardaient à se séparer.

– Rose-Louise, moi aussi j'ai…

– Ce sont mes enfants qui attendent, je ne peux les laisser languir. Je suis si heureuse de t'avoir revu, Antoine Coupière !

Puis, sans un mot de plus, elle s'éloigna de lui et rejoignit ses deux enfants qui, sagement, l'attendaient. Antoine ne put l'abandonner du regard. La douceur de ses yeux, cette beauté qui l'habitait ne l'avait pas quittée, à peine le léger voile des jours avait-il marqué son visage. Il sut tout à coup que l'homme qui attendait à quelques pas était le père des enfants. Alors Antoine revint à la réalité. Leur secret d'un jour, d'un moment, avait survécu entre eux. Et il en savourait le plaisir si précieux, quand une main se posa sur son épaule, son ami Pierre.

– Tu as l'air bien pensif, Antoine, viens boire un coup, ça te changera les idées.

Au bistrot, ils étaient tous là, les amateurs d'apéros. On saluait amicalement Antoine. Valentine vint le biser comme d'habitude en lui glissant quelques mots à l'oreille. Il répondit en acquiesçant de la tête, ce qui rendit plus heureuse encore la jolie serveuse. Pierre et lui s'entretinrent de l'avancement des moissons et des prévisions des battages proches, peut-être l'occasion de se revoir longuement.

– Tu déjeunes ici, Antoine ? Comme dimanche dernier ?

– Non, j'ai promis à ma tante de rentrer pour midi.

– Habillé de neuf comme tu l'es, je pensais plutôt à un rendez-vous. Faut sortir mon ami, faut pas rester seul !

– Ne t'inquiète pas pour moi. Ta femme et tes enfants vont bien ? Tu as de la chance.

– J'en suis convaincu, avec ma petite Anne, nous sommes heureux, mais pour toi aussi, ça ne saurait tarder, j'ai des yeux…

Et la conversation se termina dans un éclat de rire accompagné d'un *clink !* entre les deux verres de gentiane.

– On te verra pour les quilles, cet après-midi ?

– Je ne sais pas encore, je ne promets pas…, répondit Antoine.

La matinée avait passé vite et Bougre fut heureux de retrouver son ami.

– Nous avons là un autre homme ! s'exclama Louis en voyant Antoine. Tu vas rendre Valentine jalouse, ça risque de barder !

– Je la verrai ce soir, au bal, c'est elle qui m'a invité, mais je ne sais pas si je sais encore danser…

– Ça ne se perd pas mon garçon, tu as raison, profites-en. Les battages commencent le 21, pour nous ce sera le 23, le samedi toute la journée. Mais à partir du 21, j'aimerais que tu me remplaces chez nos voisins, c'est une manière de s'entraider, on donne des journées et chacun les rend à son tour.

– Oui, je sais comment ça se passe, oncle Louis.

– Après le 23, la semaine suivante, on y mettra peut-être deux ou trois jours encore, et puis ce sera terminé. Si nous n'avons pas d'orage ces jours-là !

Antoine se gratta la tête.

– La fin du mois... déjà ! Le temps aura passé bien vite, dit-il avec une sorte de mélancolie.

– C'est vrai que tu veux t'en retourner... j'avais presque oublié ça. Tu n'aurais pas changé d'avis, par hasard ? Ce n'est pas que je veuille t'influencer, Antoine, mais parfois, modifier les plans...

Julia lui évita une réponse embarrassante.

– Allez, les hommes, si vous voulez passer à table, c'est tout de suite ! annonça-t-elle fermement.

9

Après une courte sieste, Antoine quitta Fonterouge pour se rendre au village. Le soleil d'août frappait sans faiblir, aussi décida-t-il de rendre une visite aux Delchère qu'il n'avait pas rencontrés depuis un moment.

Les commerçants avaient baissé leur rideau, tout semblait engourdi par la chaleur. Sur la petite place, des rires et des éclats de voix s'échappaient du café. Le dimanche était un jour de bonne recette.

Lorsque Antoine se présenta chez les Delchère, l'horloge du clocher sonnait seize heures. Assis toujours à la même place, devant leur maison, le couple semblait attendre que les jours, les mois, les années apportent enfin une réponse à leur interminable question muette.

L'apparition du jeune homme déclencha sur leur visage une expression de joie soudaine comme la lueur d'une bougie troue l'obscurité.

– J'espère que je ne vous dérange pas, dit le visiteur en ralentissant le pas.

– Que non, dit Jean Delchère, que non ! C'est pas les visites qui nous dérangent, plutôt le manque de visites.

– Aujourd'hui dimanche, vous ne travaillez tout de même pas ?

– Il en serait bien capable, mon homme, intervint Juliette Delchère, mais faut quand même respecter le dimanche, non ? Je te réchauffe un café, Antoine ?

– Ou peut-être autre chose, s'empressa Jean. À cette heure-ci, quand même…

– Je prendrais bien un café, ça coupe la soif mieux que le frais, dit Antoine en s'asseyant sur le bord d'une grosse pierre.

Les deux hommes parlèrent du temps, des moissons et des futurs battages. Puis le carrier, en baissant la voix, lui confia :

– Ton retour provoque bien des discussions ici, tu sais. Tu es revenu trop tard pour que ça plaise à tout le monde. Mais faut pas t'en faire, les gens aiment tout critiquer. Les résistants font remarquer que vous autres, les prisonniers, vous n'êtes pas les libérateurs du pays. Pourtant, des résistants de la dernière heure… Il y en a beaucoup.

Antoine pesa calmement les propos de Delchère. Certes, s'il n'y avait eu que des prisonniers, la France ne se serait pas libérée, mais c'était dur à entendre.

– Nous aurions préféré perdre notre François dans la Résistance, je peux le dire, mais les choses ont dû mal tourner pour lui aussi, on ne sait rien sur sa mort, comment c'est arrivé. Aller mourir dans le nord de l'Allemagne, tu te rends compte ?

Antoine demeurait silencieux. Lui aussi avait son histoire, son étrange histoire, mais au fil des jours, il n'apercevait personne à qui la confier.

– Pendant tout ce temps, demanda-t-il, il a dû se passer de drôles de choses au village ? Des choses dont on n'ose plus parler ?

Juliette, qui apportait sur un petit plateau trois tasses de café fumant, lança avec aigreur :

– Des dénonciations en veux-tu en voilà ! La Milice est venue, personne n'est mort mais à la Libération, on a tondu une femme sur la place, une personne qu'on n'aurait jamais crue comme ça !

– Faut plus parler de ça, Juliette, même si c'est vrai, ce n'est pas très beau pour le village.

– Veux-tu que je te dise ? s'enflammait Juliette. Eh bien, c'est l'épicière, tout le monde le sait, sauf toi bien entendu… Collaboration avec les miliciens !

– Juliette, tais-toi ! gronda Delchère.

Antoine n'en croyait pas ses oreilles, la bonne épicière ! Son regard allait de l'homme à la femme, plein d'étonnement.

– Aujourd'hui, dit Delchère avec un énorme soupir, il faut faire avec le bon et le mauvais, nous, on a eu notre part du mauvais… Mais assez parlé de tout ça, et toi, comment te sens-tu dans ton pays ? Tu as la vie devant toi, il faut en profiter. Et bien des filles… Je me suis laissé dire…

Antoine éclata de rire.

– Ce soir, figurez-vous, je vais au bal.

– Nous savons bien avec qui tu vas danser, va ! Ta cavalière s'en vante assez, mais fais attention, avant ton retour elle avait un amoureux, et c'est un jaloux !

– Vous êtes gentils de me prévenir, maintenant il faut que je vous laisse. J'ai été heureux de vous voir.

Les Delchère le saluèrent, puis, côte à côte, le regardèrent s'éloigner.

– T'aurais pas dû, Juliette, t'aurais pas dû lui dire pour l'épicière.

Elle leva les yeux au ciel et disparut avec les tasses vides vers sa cuisine en ronchonnant : « Ça ne l'a pas empêchée de continuer son commerce, celle-là… »

Antoine fit un crochet par le cimetière. La tombe de sa mère était bien entretenue, fleurie de coquelicots : « Je ne t'oublie pas, ma pauvre mère, mais les jours passent si vite. Je suis invité ce soir. Ne t'inquiète pas, je saurai me tenir… » Il se sentait redevenir enfant, par-delà la course des années. Bientôt, il serait obligé une fois encore de l'abandonner à ce silence qu'il n'avait jamais pu rompre. Il se redressa, et s'éloigna à regret de la tombe où dormait la femme qu'il n'avait pas su rendre fière de lui.

À hauteur de la maison des De Laleuze, il eut à nouveau un pincement au cœur. « Elle s'est souvenu de moi », se dit-il. Et le beau visage de Rose-Louise occupa l'espace ému de sa mémoire.

Le bourg voisin n'étant distant que de cinq kilomètres, Antoine s'y rendit à pied, accompagné par la fraîcheur encore hésitante du soir. Déjà, une certaine animation annonçait la soirée dansante.

Au café voisin, les tables étaient prises d'assaut, garçons et filles s'observaient. Les plus audacieux invitaient déjà les filles, demandaient une promesse de danse, les autres se contentaient d'observer les manœuvres d'approche.

Un peu à l'écart, deux couples plus âgés attendaient l'occasion de tourner une valse, ou une bourrée, en s'attelant à une chopine de vin rouge.

Antoine inspectait les environs, sans repérer Valentine. Lui aurait-elle fait faux bond ? Il trouva une place et s'assit à l'écart. L'orchestre s'accorda longuement et lança bientôt une première marche, pour créer l'ambiance. Peu à peu, les danseurs désertaient les tables extérieures et rejoignaient la salle. Antoine se retrouva bientôt seul.

Une voiture freina sur la place, et Valentine en descendit en riant. Elle aperçut Antoine alors qu'elle claquait la portière.

– Excuse-moi, Antoine. On m'a accompagnée en voiture et…

– Ce n'est rien, l'interrompit Antoine. Les femmes se font toujours attendre, le bal vient tout juste de commencer. Tu veux boire quelque chose ?

– Oui, s'il te plaît.

Elle avait noué ses cheveux vers l'arrière à l'aide d'un ruban, ce qui révélait la délicatesse de ses traits, son léger maquillage et ses lèvres soulignées d'un carmin très doux. Antoine contempla ce beau visage qui dans le crépuscule se teintait d'un ocre doré.

– Tu n'es plus fâchée ? murmura-t-il. Il m'avait semblé que…

– N'en parlons plus, je me suis énervée, voilà tout. Il y a des jours comme ça où l'on perd patience.

Ils parlaient depuis un moment lorsque l'écho d'un slow leur rappela qu'ils étaient venus pour danser.

– Il y a si longtemps que je n'ai pas dansé… Je ne sais pas si…

– Ne t'inquiète pas, je te guiderai.

Le poignet marqué d'un coup de tampon bleu, le couple se fondit dans la salle, et s'accorda si bien au rythme de la musique qu'ils en oublièrent les regards de curiosité posés sur eux. Ils tournèrent de valse en valse, marquèrent en riant la bourrée, puis les slows succédèrent aux slows…

Antoine, dans la lumière tamisée, sentait le corps de Valentine se coller au sien. Juste le temps d'un rafraîchissement et ils recommençaient, se serraient, se comprenaient. Ils n'échangeaient aucun mot et pourtant… Ils s'échappèrent discrètement et disparurent dans l'obscurité laiteuse de la nuit d'août. Valentine le dévorait de sa bouche avide et Antoine fondait sous le désir urgent, incontrôlable.

Ils ne surent jamais à quel moment tout avait basculé pour eux, mais constatèrent qu'ils ne s'étaient même pas déshabillés.

Ils rentraient maintenant à Saint-Santin-les-Roses. Valentine s'accrochait à lui qui accélérait le pas.

– J'espère que tu ne regrettes rien, dis-moi, Antoine ?

Antoine demeurait muet. Elle songeait qu'elle avait précipité les choses, c'est vrai, les avait préméditées, mais après tout, qu'y avait-il là de si grave ?

Ils marchèrent en silence durant plusieurs kilomètres.

– Tu es bien pressé, Antoine, gémit enfin Valentine, je suis épuisée.

– Excuse-moi mais je pensais au travail qui m'attend

tout à l'heure, on ne fait pas la grasse matinée à Fonterouge !

Valentine fit mine de comprendre, le cœur lourd. Ils se séparèrent sur un baiser si distrait d'Antoine qu'elle n'insista pas et s'éloigna sans se retourner.

La nuit n'avait plus que trois heures à vivre lorsque Bougre vit rentrer son ami.

Au matin, Antoine n'avait pas la mine des grands jours.

– Tu as si mal dormi ? lui demanda Julia avec un sourire plein de sous-entendus. À moins que tu n'aies pas dormi du tout…

– Je me suis couché un peu tard, mais avec un bon café…

Ainsi commença la semaine en ce 18 août. Chacun se mit au travail dans un silence tranquille. Louis visitait son champ de pommes de terre, vérifiant qu'aucune vague de doryphores ne l'avait submergé et que les betteraves ne manquaient pas d'eau.

Antoine, après avoir soigné les bêtes et les avoir menées au pré, s'employait à remettre la faucheuse en état.

C'est alors qu'une voiture s'arrêta devant la ferme. Le maire, Raymond Baissières, en descendit et se dirigea tout heureux vers Antoine.

– Bonjour, Antoine, c'est toi que je voulais rencontrer.

Antoine, le front plissé d'une soudaine inquiétude, le regardait s'avancer vers lui.

– N'aie aucune crainte, je voudrais seulement que tu passes à la mairie, j'ai des papiers à te remettre.

– Il y a un problème ?

– Pas le moins du monde, rassure-toi. Tu n'auras même pas à te rendre à la gendarmerie, tout est réglé en ce qui te concerne, tu n'es plus disparu mais revenu ! J'ai une carte d'identité à te remettre, ajouta-t-il en lui tapant amicalement sur l'épaule.

– Merci, monsieur le Maire, répondit Antoine qui avait retrouvé le sourire. Je passerai juste après le déjeuner, si vous voulez bien.

Le maire salua Julia, discuta un moment puis s'en retourna. À peine s'était-il éloigné que le facteur apportait à Julia un courrier dont elle reconnut immédiatement l'écriture.

– C'est une lettre de Jean-Jacques ! Je lui ai fait savoir que tu étais revenu au pays et que tu nous donnais un coup de main. Qui sait, ça va peut-être lui donner l'envie de venir nous rendre une petite visite ! S'il n'est pas trop pris, bien sûr !

Elle disparut dans la maison, pressée de lire les nouvelles de ce fils oublieux.

Antoine, rendu à ses occupations, songeait à la soirée de la veille. « Je suis bien tombé dans le piège, car c'était un piège. Mais après tout, il est arrivé ce qui devait arriver, je ne regrette rien, c'est la vie… »

À midi, alors que les deux hommes s'asseyaient à table, Julia se tourna vers Antoine.

– Jean-Jacques te donne le bonjour, il a joint une adresse, tu peux passer le voir si tu vas un jour à Paris. Tiens, la voilà, sur ce bout de papier qu'il m'a chargée de te remettre. Par contre, ajouta-t-elle avec un air sombre, il a toujours trop de travail pour venir, c'est encore reporté à l'automne…

– Merci, tante Julia, si je passe à Paris, je vous promets de lui rendre visite.

Julia tendit la lettre à Louis, qui la lut sans émotion, avant de la poser d'un geste brusque sur la hotte de la cheminée. On ne parla plus de Jean-Jacques au cours du repas.

Après le café et pendant la sieste de Louis, Antoine se rendit à la mairie, comme convenu.

À la vue de l'épicerie, les informations de Delchère lui revinrent en mémoire. Oui, elle était toujours derrière sa caisse, l'épicière. Il détourna la tête et accéléra le pas.

La grande salle de la mairie sentait l'encaustique. Le maire se leva et tendit la main à Antoine.

– Je me suis occupé de toi, Antoine Coupière. Tout est en règle, les gendarmes ont vite réglé l'affaire. Tu recevras plus tard ton livret militaire, c'est plus long, ça traîne toujours. Tu étais présumé « décédé sans confirmation », autrement dit : porté disparu. Dorénavant tu es officiellement vivant. Voici ta nouvelle carte d'identité, signe ici le récépissé.

Antoine s'exécuta avec une joie particulière, comme s'il faisait à nouveau partie de ce pays.

– Puis-je vous poser une question, monsieur le Maire ? C'est à propos de Cadreto.

– Je pense la connaître à l'avance, mais je t'écoute.

– Nous nous connaissions bien avant que je parte pour le service militaire, nous parlions souvent tous les deux. J'aimais le regarder travailler, j'aimais ce travail de la paille, mais aujourd'hui il semble m'ignorer... Je sais que le fait d'être italien, pendant la guerre, mais...

– Il a très mal vécu le comportement de son pays. Mais surtout, et ici même, il y a eu des gens pour le lui reprocher et de mauvaise façon, dont les anciens prisonniers et bien d'autres. Comme si le pauvre était responsable !

– Mais moi, il n'a aucune raison de m'en vouloir.

– Tu as été prisonnier, Antoine. Alors il croit que tu vas agir comme les autres et le mépriser. D'ailleurs, tu es logé à la même enseigne, mon garçon. Tu vas entendre que les prisonniers étaient des « planqués » pendant que les soldats, les FFI et les résistants combattaient l'ennemi comme des héros ! Vos souffrances, les effroyables conditions de vie et de mort dans les camps, certains font mine de les oublier pour glorifier les libérateurs. J'espère que tu me comprends. Ce n'est pas pour te peiner que je te dis ça, mais pour te prévenir, ne sois pas surpris.

– Je comprends, monsieur le Maire.

– Encore une chose, cher Antoine : le conseil municipal a été heureux de supprimer ton nom de la liste des disparus et des morts pour la France qu'on inscrira sur le monument aux morts que nous allons édifier.

Comme pour officialiser cette renaissance, le maire se leva et serra chaleureusement la main d'Antoine Coupière.

Quand le jeune homme quitta la mairie, il voguait entre la joie et la mélancolie. Des mots lui revenaient pêle-mêle : papiers en règle, décédé sans confirmation, Cadreto l'Italien, le monument aux morts... Bien qu'il n'eût pas grande envie de revoir Valentine, il sentit soudainement sa gorge si sèche qu'il se rendit au bistrot sur-le-champ.

– Donne-moi une bière bien fraîche, Valentine, s'il te plaît, je meurs de soif ! furent les premiers mots qui sortirent de sa bouche.

Il tira une chaise et s'assit à une table. Valentine l'observait.

– Ça ne va pas ? Tu as l'air si abattu...

– C'est l'affaire d'un moment, un simple coup de chaud.

– Mets-toi à l'aise, défais ta chemise au moins.

– Non, ça va déjà mieux.

Elle cherchait son regard, tentait vers lui un sourire. Amoureuse.

– J'ai quelque chose pour toi, lança-t-elle tout à coup. Je vais te le chercher, je reviens tout de suite.

Et elle sortit du café en courant.

Antoine dégustait sa bière et, peu à peu, son esprit reprenait vigueur. Il se demandait ce qu'allait lui remettre Valentine. Le bistrot sans client respirait un calme inhabituel. Les mouches elles-mêmes zigzaguaient avec un zouzou ralenti, alourdi par les bouffées d'air chaud qui circulaient à peine.

Valentine réapparut et s'approcha d'Antoine. Elle glissa furtivement un petit paquet dans la poche extérieure de sa chemise, et déposa un rapide baiser sur ses lèvres.

– C'est pour hier soir, ne l'ouvre pas tout de suite. Seulement lorsque tu seras chez toi. On pourra se revoir demain ?

Antoine voulut refuser, mais quelque chose dans l'attente anxieuse de la jeune fille le poussa à accepter.

– Je dois y retourner maintenant, dit-il en se levant. J'ai dû me rendre à la mairie et le travail m'attend. Je ne sais pas ce que c'est, Valentine, mais merci pour ton cadeau.

Elle lui envoya un baiser du bout des doigts, et le regarda s'éloigner.

Il pressait le pas pour rejoindre Fonterouge, oubliant le cadeau qu'il avait glissé dans la poche de son pantalon en sortant du bistrot.

Le soir venu, après le repas il rejoignit sa chambre et procéda à sa toilette habituelle. Une fois allongé, il rattrapa son pantalon et en tira le mystérieux petit paquet. Il le soupesa d'abord, le trouva lourd pour son volume, et tenta d'en deviner le contenu. Qu'avait donc pu lui offrir Valentine ? Il se décida à défaire le nœud, à ôter le papier et… ô surprise, découvrit une montre-gousset au boîtier d'argent, avec sa chaîne. « Elle ressemble étrangement à celle de mon père », se dit-il. Elle lui ressemblait mais ce ne pouvait être celle-là. « Bonne idée, je n'en possédais pas ! » Il déclencha le clapet. Elle indiquait l'heure exacte. « Quelle attention ! » se dit-il, touché malgré lui.

À force de l'inspecter, il découvrit le système d'ouverture du double clapet. D'un bond, il se leva, approcha l'objet de la lampe électrique pendant au plafond et actionna le système. « Ce n'est pas possible, non, ce n'est pas possible ! Comment Valentine s'est-elle procuré la montre de mon père ? » La photo de sa mère était insérée là, intacte. Il y déposa un baiser. « Maman ! » Il se coucha, la montre serrée au creux de sa paume, tandis que mille questions fébriles repoussaient le sommeil.

Au matin, toute chaude de sa main, la montre faisait partie de lui. Il n'en parlerait à personne, pas même à son oncle et à sa tante.

Vers dix heures, son ami Pierre Chailloux vint l'enlever aux Vieillessente, et l'inviter à sa table comme il le lui avait promis. En s'excusant toutefois de ne pas l'avoir prévenu plus tôt.

– Anne et moi, on avait prévu de t'inviter, mais quand on a appris que tu partirais vers la fin du mois, on s'est décidés très vite. Allez, grimpe dans la voiture, Anne nous attend.

Un véritable enlèvement, qui ravissait Antoine.

Aux Bruyères, ainsi nommait-on le hameau des Chailloux, bien des choses avaient changé. De toute évidence, des mains jeunes étaient passées par là. La grande maison avait été partagée en deux appartements distincts, celui des parents et celui de Pierre et de sa femme.

– Nous habitons tous ici, aux Bruyères, mais chacun chez soi.

– Il y a des fleurs partout, ce n'est pas toi qui…

– Ah, ça c'est Anne ! C'est le travail de ma petite femme, elle adore toutes ces couleurs et je dois dire que je me suis habitué.

À peine étaient-ils descendus de voiture, que Anne venait à leur rencontre, un bébé dans les bras.

– Bonjour Anne ! Et bonjour… ? demanda-t-il en caressant la menotte du bébé.

– Bonjour Antoine, je te présente Émilie, notre deuxième fille, elle a presque un an.

– Vous n'avez pas perdu de temps, déjà deux enfants !

– La première a deux ans, elle s'appelle Élise, elle est toujours chez ses grands-parents à côté, dit Pierre. Entre donc, nous sommes si heureux de te recevoir chez nous.

– Vos parents à tous deux, comment vont-ils ?

– Pour l'instant assez bien, répondit Pierre. Tu verras les miens dans un instant, ils viendront pour l'apéritif, ceux d'Anne te donnent le bonjour, ils savent que tu es là.

Les choses et les gens étaient donc à leur place, pour Pierre Chailloux. Une famille, un toit, du travail ! Ça ressemblait au bonheur.

Les parents de Pierre arrivèrent comme convenu pour l'apéritif, la petite Élise dans les bras. Lorsque le père Chailloux aperçut Antoine, il lui ouvrit les bras et l'étreignit comme un fils retrouvé.

– Ah, mon garçon ! Ton père était mon ami, sais-tu, et je suis tellement heureux que tu sois l'ami de mon fils !

Antoine, les yeux brillants de larmes contenues, ne savait plus trouver les mots pour exprimer son émotion.

– Merci… je… merci…

Pierre et Anne volèrent au secours de leur ami.

– Allons, allons ! intervint Anne en riant. Nous allons trinquer à la santé de ces deux-là, revenus de l'enfer !

La maîtresse de maison avait concocté un excellent repas pour l'ami Antoine… le compagnon des heures d'insouciance, qui pour l'heure sentait un peu sa tête tourner.

– Quelle merveilleuse cuisinière tu es, Anne ! Pas de doute, j'aurais dû te choisir avant lui, dommage que

Pierre te méritait plus que moi ! Tant pis pour toi, Pierre, c'est la faute de ton vin !

Ils éclatèrent de rire et Anne rosit de plaisir.

Dès la fin du repas, la discussion sur la guerre s'invita naturellement. Chacun des deux amis voulut savoir où l'autre avait été envoyé. Pierre s'était retrouvé en Allemagne dès juin 1940 et avait vécu dans plusieurs stalags, tout d'abord dans le Nord du pays et puis dans l'Est. Il avait travaillé dans des usines, dont une fabrique d'armements, puis de construction d'engins militaires malgré l'interdiction. Plusieurs fois malade et souvent à l'infirmerie, il s'en était sorti grâce à ses amis qui s'étaient occupés de lui. Sa famille et la Croix-Rouge avaient envoyé des colis, et de loin en loin du courrier lui parvenait de chez lui, parfois après plusieurs mois d'acheminement. Au dernier stalag, il lui était arrivé de sortir le dimanche dans le village voisin avec des camarades, et ils allaient boire un coup au café. L'habitant ne manifestait pas d'hostilité contre eux. Le temps était par contre interminable et les fausses nouvelles menaient la vie dure à leur moral. Leur camp avait libéré au milieu de l'année 1944 et ils étaient rentrés comme ils pouvaient, à pied ou au fond des rares trains qui circulaient encore.

– Tiens, j'ai ramené quelques photos de là-bas. Tu veux bien aller les chercher, Anne ? Nous avons de drôles de gueules, ça ne te surprendra pas.

– Tu as rencontré des gars de chez nous ?

– Pas vraiment. Des gens de la région, mais pas d'ici, pas de notre canton.

– Quant à moi, murmura Antoine, je n'ai jamais

croisé personne de connaissance. Ça aurait pu tout changer pourtant.

Pierre chercha son regard, et lui demanda avec douceur :

– Où étais-tu depuis 1944 ? Nous t'avons tous cru mort, et ta mère aussi. Quand on lui a annoncé que tu étais « décédé sans confirmation », elle a cru que tu ne reviendrais plus…

Antoine se tut. Autour de la table, chacun en fit autant. Comme on respecte un grand blessé.

Les photos circulaient, Antoine et Pierre parlèrent encore des camps, des humiliations et de la détresse que semait la guerre, quand Pierre décida d'aller marcher avec son ami.

– Nous n'avons été que des prisonniers, nous ne sommes pas revenus glorieux, c'est vrai, mais bon Dieu nous en sommes revenus ! gronda-t-il en entraînant Antoine.

– Je sais, je sais… Même le curé m'a prévenu de ce qui se disait sur nous. Quelle sorte d'andouilles peuvent être aussi ignorants de nos souffrances… ?

– Bah ! entre les miens et le travail, j'ai oublié ces ragots malsains, la vie a repris le dessus. Mais parfois j'ai le poing qui me démange.

– Tu as épousé la plus jolie fille du pays et tu as maintenant deux beaux enfants. Moi, je pensais retrouver ma mère et me voilà sans elle. Sans même lui avoir expliqué. Je sais que je me suis mal comporté avec elle. Pour le reste, tu sauras tout un jour, je te le promets, mais c'est encore trop tôt. J'ai peut-être un droit à la vie, comme toi, et je ne vais pas le laisser échapper, même si…

– C'est Valentine ?

Antoine fit non de la tête, et Pierre répondit d'un signe de tête qui voulait dire : il vaut mieux !

Ils se regardèrent, et d'un sourire se comprirent. Pourtant, toute l'amitié de Pierre ne parvenait pas à délivrer Antoine de ce qui lui plombait le cœur. Son regard se portait sur les vastes terres cultivées, bien vivantes, de son ami. Ses yeux les caressaient d'une espérance folle et tendre à la fois, presque amoureuse. Et tout à coup, quelque chose se démena en lui, libérant un flot de chaleur et de confiance.

– Pierre, j'ai travaillé dans une ferme en Allemagne, c'est ce qui m'a sauvé la vie. Notre camp, je parle de celui où je suis resté depuis mai 42 jusqu'à la fin, envoyait les hommes dans les fermes pour remplacer les hommes qui se battaient contre nous. Un Commando, un sous-stalag du principal, voilà où j'ai atterri. Je ne savais que travailler la terre, c'est bien tombé ! On était deux dans cette propriété, deux Français, un gars du Sud-Ouest et moi, et on ne savait pas un mot d'allemand, bien entendu. La seule chose qu'on connaissait, on la connaissait bien : la terre, les bêtes, les récoltes, les jardins, la vie des paysans, quoi. La même des deux côtés de la frontière.

– Ces gens se comportaient comment envers vous ?

– Au début, on n'arrivait pas à se comprendre. Et puis, au fil des semaines et des mois, on s'est habitués les uns aux autres, et on mangeait à notre faim, notre travail nous convenait. On s'est vite aperçus que nous étions indispensables. Ces gens nous ont toujours bien traités. Ils avaient un fils en France, et ils gardaient l'espoir que les Français le traiteraient de la même manière. Pauvres gens… Au bout d'un certain temps, on ne rentrait plus au camp sous la surveillance des gardes. « L'homme de confiance des Français » du camp avait fait en sorte qu'on n'était plus obligés de rentrer tous les soirs au baraquement. Plus tard, il nous a volontairement oubliés dans cette ferme de Bavière.

– J'ai entendu dire que dans certaines fermes, les paysans allemands avaient été très durs avec les prisonniers.

– Je n'en sais rien. Nous, on travaillait dur, c'est vrai, dans une grande propriété, mais mon copain et moi on était bien nourris, on a même appris un peu d'allemand, et les patrons un peu de français. On échangeait, si j'ose dire. C'est étrange en pleine guerre, mais nous n'étions pas si mal dans cette exploitation bien plus moderne que chez nous. Le battage à l'ancienne, comme on le fera ici dans quelques jours, n'existe plus, il y avait déjà du matériel moderne, propre et bien entretenu ! On nous prêtait même des vêtements.

Antoine s'aperçut soudain qu'il donnait l'impression d'être nostalgique et se tut aussitôt.

– Tu as eu quand même une sacrée chance, Antoine.

– On peut le dire, oui, mais je ne t'ai pas tout dit…

Il défit soudain sa chemise du col jusqu'à la ceinture de son pantalon, et se retourna vers Pierre qui subitement fut saisi de stupeur tant ce qu'il voyait l'horrifiait.

Antoine pointa alors son index sur sa bouche, pour lui intimer le silence, puis il ajouta :

– Voilà ce qui m'a retardé.

– Mon pauvre Antoine ! Et personne ne le sait ?

– Si, toi désormais.

Un silence s'installa soudain, rompu quelques pas plus loin par des commentaires sur les terres de Pierre.

– Je n'aurai jamais de terres ici, au pays, et pourtant je crois que c'est ma vocation. Mes parents n'ont pas eu la possibilité de m'en laisser, mais je ne désespère pas... Après tout, je ne suis pas encore si vieux, non ? Qu'en penses-tu ?

Ils échangèrent un sourire complice. Puis, entre deux silences, avec précaution, Pierre expliqua que Valentine et Félix s'étaient promis plusieurs fois mariage. Et que Félix n'était pas un type très recommandable.

Antoine prit la nouvelle avec sérénité, sans trop de surprise. Et même un certain soulagement.

Les deux amis marchèrent longtemps, et parlèrent, de tout, des visages de leur enfance disparue.

L'après-midi avançait et Antoine devait donner un coup de main à Louis pour la traite du soir.

Ils rebroussèrent chemin. La maison de Pierre, rendue au silence, respirait le calme des gens heureux. Antoine embrassa Anne, ses deux filles, et même Pierre, son seul ami sincère.

Sur le chemin de Fonterouge, encore brûlant des hautes heures de l'été, Antoine songea qu'il avait failli tout dire à son ami. Mais, au dernier moment une prudence instinctive l'avait retenu. Il n'était pas sûr que Pierre aurait compris. Il se souvenait de l'espérance folle de rentrer en France, qui l'avait si longtemps soutenu, comme tous ses camarades. Et puis cette espérance s'était modifiée en lui, la petite flamme s'était mise à vaciller, peu à peu. L'urgence disparaissait, reculait… Comment expliquer ce revirement au plus profond de son être ? C'est alors qu'il s'était mis à penser à sa mère. Qu'allait-elle penser à Esquiral ? Comprendrait-elle ? Il avait toujours repoussé le moment de lui écrire, comme si… comme si… En vérité, il avait beau chercher les raisons de cet acte, il ne les détectait pas. Seuls le tourment et la culpabilité émergeaient. Parce que, depuis le milieu de l'année 1944, il avait joué le mort. Et aujourd'hui, en cet été 1947, il lui fallait admettre que ce silence avait tué sa mère. Lui, Antoine, était responsable de sa mort.

Fonterouge apparut, il se secoua, fallait réagir, émerger de ces pensées cruellement inutiles.

– Les Chailloux vous donnent bien le bonjour ! lança-t-il en entrant dans la pièce où son oncle et sa tante étaient assis. Sans oublier les parents.

– Une famille de travailleurs !

– Ça, on peut le dire !

Ils soupèrent assez tôt, ce soir-là, et Antoine s'éclipsa en s'excusant. Les Vieillessente comprenaient, bien sûr, et Julia lui glissa :

– Amuse-toi bien, mais fais attention…

Il voulut répondre mais elle avait déjà tourné les talons. Antoine glissa la montre dans la poche de son pantalon et prit le chemin de Saint-Santin-les-Roses. Cette affaire de montre le tracassait à tel point qu'il parlait tout seul. Soudain, il sentit un tiraillement familier dans sa hanche – ce qui survenait dans les moments de fatigue – « Ce n'est pas le moment, laisse-moi tranquille, j'ai autre chose à faire... », grogna-t-il en boitillant.

Comment Valentine s'était-elle procuré ce précieux objet ? Connaissait-elle son secret ? Il se promettait de découvrir la vérité, si possible avec tact, s'il en était capable.

Lorsque tous deux se retrouvèrent, Valentine, qui l'attendait depuis un long moment et montrait des signes d'impatience, courut vers lui.

– J'ai craint que tu ne viennes plus, tu as vu l'heure, Antoine ?

– Maintenant que je possède une montre, je sais forcément l'heure.

Elle lui jeta un regard mi-surpris mi-courroucé.

– Où va-t-on ? Il fait si bon ce soir...

– Au ruisseau, si ça te convient, ou ailleurs, peu importe, pourvu que je sois avec toi...

Et ils se dirigèrent d'un pas lent vers le ruisseau, celui dont seule la surface se déplaçait, à en croire Antoine.

Il sortit la montre de sa poche et la caressait, tout en marchant.

– Tu m'as fait là un très beau cadeau, Valentine. Merci encore.

– J'étais heureuse de pouvoir te l'offrir, tout simplement.

– Je ne m'en séparerai jamais, tu peux me croire. Mais où trouve-t-on des choses pareilles, comment as-tu pu te la procurer ?

– Tu es trop curieux, on ne demande pas ces choses quand on reçoit un cadeau, je l'ai achetée, voilà tout…

Il lui souriait afin de ne pas se trahir, il devait se montrer patient.

Valentine se comportait en terrain conquis et, à gestes précis, prenait possession corps et biens de son cher Antoine, à qui ces manières ne déplaisaient d'ailleurs pas. Au bord du ruisseau, que l'obscurité gagnait doucement, il ressortit sa montre, et ouvrit le clapet, ce qui agaça Valentine.

– Cette montre est si belle que j'aimerais en connaître la provenance, insista-t-il. Vraiment.

Valentine attendait certes autre chose, mais la manœuvre d'Antoine l'ennuyait tellement qu'elle finit par avouer qu'une personne la lui avait offerte. Antoine la pressa de donner un nom, insista encore, et elle cria presque : Félix !

Alors Antoine envoya le coup de tonnerre :

– Cette montre est celle de mon père !

Valentine sursauta, interloquée, comme prise au piège. Ses yeux s'emplirent d'étonnement et de peur.

– Je ne pouvais pas savoir, je suis désolée, mais comment… Tu en es sûr ? Je te jure que je ne savais pas.

– Félix est ton petit ami ? Tu m'as joué une belle comédie. J'ai appris que vous aviez envisagé le mariage !

Valentine baissa les yeux, et s'écarta doucement de celui qu'elle désirait, mais qui venait de rompre le lien. Tout net.

– Mieux vaut que nous rentrions, Valentine.

– Il me l'avait promise si j'acceptais de…

– De coucher avec lui, c'est bien ça ?

– N'en parlons plus, notre histoire est terminée, elle n'aurait jamais dû commencer.

Antoine se redressa. L'idée qui lui trottait par la tête excluait désormais Valentine. Si Félix était bien le voleur de la montre, le larcin n'avait pu avoir lieu que le jour où Félix avait découvert sa mère morte dans son lit. Et dans ce cas, foi d'Antoine, certains comptes restaient à régler.

10

Le lendemain, dans l'après-midi, l'entrepreneur, M. Fargues, rendait visite aux Vieillessente dont le jour de battage avait été prévu le 23. Tout paraissait en ordre, Antoine donnerait la main aux voisins les deux journées précédentes, ainsi qu'il était convenu.

Il se rendrait aussi chez les Chavaroche et se souvenait de ce que lui avait dit Louis :

– Si tu ne veux pas aller là-bas, je comprendrais…

– Je tiendrai ma place, oncle Louis, au contraire, je suis content d'y aller, on ne me mangera pas, ajouta-t-il en riant.

– Vous n'avez plus votre domestique, monsieur Vieillessente ?

– Blessé à une jambe, et indisponible pour quelque temps encore ! Mais mon neveu le remplace, c'est une chance !

– Celui que l'on croyait m…, je veux dire disparu en Allemagne ?

– Oui, c'est bien lui, Antoine Coupière.

– Oui, intervint Antoine en se frappant la poitrine

façon gorille, j'ai tardé mais me voilà vivant et bien vivant !

– C'est... bien le principal, répondit l'entrepreneur avec un sourire embarrassé. On vous verra donc chez les Bories ?

– J'y serai !

– Alors à demain.

Les premiers jours de battage se déroulèrent normalement. Les moissons méritaient une bonne journée de travail, sans plus. Antoine avait retrouvé sans difficulté le geste efficace et la manière d'autrefois.

Chez les Chavaroche, on commença très tôt, le nez levé vers le ciel, à l'affût de l'orage qui menaçait. Mais tout se déroula au mieux. Antoine en profita pour observer le fameux Félix, qui jouait au fanfaron. Les autres faisaient mine de le croire et se moquaient de lui derrière son dos. Antoine attendait son heure, il s'était juré de lui mettre son poing dans la figure au moment où l'autre s'y attendrait le moins.

À Fonterouge, on n'avait plus entendu parler de Valentine. Julia ne fit aucune allusion à la chose, discrète comme toujours.

Le vendredi soir, assez tardivement, les gros engins de battage arrivèrent, on gagnait du temps pour le lendemain. La lourde batteuse et la botteleuse-lieuse qu'on lui accouplait, tirées par un puissant attelage, se placèrent à l'endroit prévu, tout proche de la machine du diable, la locomobile noire qui n'arriverait que le lendemain.

M. Fargues veillait en personne sur son matériel. Il

savait que si par malheur une panne survenait, la saison était fichue. Lorsque tout fut en place, bien calé, bien vérifié, il hocha la tête :

– C'est dommage, mais il faut laisser la locomobile refroidir, elle en a pour la nuit, on ne peut pas la déplacer avant. Je m'achèterai bientôt un tracteur, ce sera plus commode.

– Avec l'argent que vous nous prenez, vous auriez dû le faire depuis longtemps... ! lança Louis en souriant.

Ils trinquèrent. Quant à Julia, elle avait passé la journée à préparer les repas pour le lendemain. Rôtis, civet, tartes aux pommes, le tout cuits au four du boulanger, provisions de fruits et de pain sans oublier le tonneau de vin au frais.

En fin de soirée, à son retour de chez les Chavaroche, Antoine installa les tables dans le verger pour le lendemain.

Julia avait demandé à Valentine de venir lui prêter la main pour le service, elle avait accepté comme tous les ans, en compagnie d'une jeune fille de 17 ans, une amie du village. Les bras jeunes ne seraient pas de trop.

Enfin glissé entre les draps, Antoine caressa à nouveau sa montre au boîtier d'argent. Ses pensées rejoignaient l'image du père mort trop tôt, ce père qui aurait pu, par sa présence, modifier son attitude et son destin. « Et aujourd'hui, je n'ai plus ni père, ni mère... »

Il avait étalé des photographies sur son oreiller, et son regard parcourait l'une, puis l'autre, sans décider laquelle lui plaisait le plus. « Heureusement que tu es là, tu es ma force, et pardonne-moi si un soir je me suis laissé aller, ça ne se reproduira plus, je te le jure ! » Sur ces photos qu'il avait apportées pour sa mère, une jeune et jolie femme souriait. Ses cheveux clairs, son visage à l'ovale parfait portaient un message de tendresse indéfinissable. Ses yeux semblaient adresser une prière à laquelle Antoine répondait : « Bientôt, je m'en retournerai vers toi. J'aurais pu rentrer plus tôt mais je te raconterai, tu as bien fait de me laisser partir, tu ne le regretteras pas… »

Le 23 août, le branle-bas de combat secoue Fonterouge. Un jour qui compte dans l'année et l'on dit parfois, en oubliant les autres, qu'il est le plus important, le plus rassurant.

Louis et Antoine se sont occupés des bêtes très tôt. Julia commence à dire : y aura-t-il assez de ceci, assez de cela ? N'allait-elle pas manquer de quelque chose ? Sûrement que si…

La locomobile arriva. Sa place étant réservée, l'entrepreneur la stabilisa en glissant d'énormes cales de bois sous les roues en métal. Il prépara le foyer et craqua l'allumette !

Sa haute cheminée que l'on repliait pour le transport fut dressée vers le ciel et l'on attendit. Puis les renforts prévus arrivèrent, l'équipe serait composée de six hommes, plus Antoine et Louis. Félix se montra. Préparer le bois pour la chaudière, la gaver d'eau, prévoir les sacs pour le grain, les ficelles de sisal pour la botteleuse, l'escabeau pour accéder à certains postes, chacun connaissait sa tâche et sa fonction spécifique.

Antoine photographiait d'un regard attendri tous les détails de cette scène agreste, conscient qu'il ne reverrait jamais pareil attelage. Peut-être le raconterait-il un jour à ses enfants ?

Fargues, préoccupé par sa loco comme un médecin par son malade, ne la quittait pas des yeux, un chiffon à la main pour en astiquer les cuivres scintillant au soleil, essuyant par-ci par-là un suintement anormal, enfournant bûches sur bûches. La vapeur ne devait pas tarder à monter, le manomètre se manifestait. Louis et Fargues désignaient leur place aux hommes, même si ceux-ci la connaissaient par cœur. Les fourches distribuées, les échelles dressées contre les confortables meules, on attendait que les régulateurs de pression réagissent. Et soudain, le sifflet hurle. C'est le signal ! La grande courroie reliant la batteuse à la locomobile est mise en place d'un tour de main de maître. La machine tremble, les courroies actionnent les poulies, les engrenages rouspètent avant d'accepter le rythme. Les deux hommes grimpés contre la batteuse, l'un chargé de délier les gerbes, le second de les écarter soigneusement sur le tablier avant de les diriger vers la trappe, annoncent qu'ils sont prêts. Deux autres, les préposés aux gerbes qui les porteront et les hisseront à bout de fourche, commencent leur va-et-vient. Du haut de la meule, un autre descend les premières gerbes difficilement accessibles.

Bougre s'est réfugié à l'écart en compagnie d'un comparse venu on ne sait d'où.

La poussière monte, créant de petits nuages. La loco souffle et la batteuse claque, respire, mange les gerbes, les digère, régurgite la paille d'un côté, de l'autre le grain.

Déjà la sueur perle au front des hommes. Antoine hisse les gerbes, Félix coupe les liens, rien ne laisse augurer quelque trouble pensée entre eux. Pas encore.

Déjà tout ce qui porte bec et plumes envahit les lieux, le grain volé a une saveur incomparable...

Louis plonge la main dans le premier sac de grain, pressé de toucher, de palper, de mesurer jusqu'à la température du contenu, de laisser couler entre ses doigts ce flot doré et chaud dont il est si fier. Il acquiesce sans regarder personne, pour lui-même, l'œil brillant.

Les premiers sacs grimpent maintenant vers l'échelle du grenier, à dos d'homme courbé sous le poids du grain.

Julia, venue vers Louis, observe aussi ce blé, ce grain, ce futur pain, cette nouvelle semence. Tous deux se regardent, se comprennent, heureux. Puis :

– Les femmes sont-elles arrivées ? demande Louis, assez fort afin que tous comprennent que le temps de se rafraîchir le gosier est venu.

Dans un murmure et des sourires de satisfaction.

Valentine et son amie Violette apparaissent soudain, chacune avec une bouteille et un verre à la main. Sans pour autant arrêter le travail, les hommes apprécient à la fois le rafraîchissement et cette jeunesse féminine que certains saluent d'un sifflet admiratif sans équivoque.

Valentine s'avança pour servir Antoine :

– Tu vas bien, Antoine ?

– Je ne me suis jamais aussi bien porté, rassure-toi !

Valentine en oublia de le servir et s'écarta vivement

de lui. Elle se dirigea vers les autres hommes dont Félix qui tout heureux afficha sa bonne fortune par quelques gestes de propriétaire qui ne trompèrent personne et que Valentine ne repoussa pas. Antoine comprit.

Tandis que le travail avançait, Félix s'enhardissait dans la provocation à l'égard d'Antoine, mais celui-ci laissait faire, en attendant son heure. Violette s'occupa d'Antoine qui, conscient du manège, l'acceptait.

Vers les treize heures, le temps était venu de laisser souffler la machine et de nourrir les hommes. De la première meule, il ne restait qu'un tiers à battre et la pause venait à point.

L'équipe se rendit près des tables installées sous les fruitiers du verger tout proche, et chacun se plaça selon ses affinités, par petits groupes de voisins ou de connaissances d'un même hameau. Antoine et Félix, éloignés l'un de l'autre, s'observaient à la dérobée. La cuisinière et les serveuses apportèrent les plats, le vin coulait à flots. Les conversations s'apaisèrent pour laisser place au silence du plaisir, manger, reprendre des forces, déguster une cuisine savoureuse… le moment était précieux. Après le rôti, le civet connut tout autant de succès. Julia, par coquetterie de cuisinière, demandait si tout allait bien, si la cuisine convenait à tous, sûre de la réponse. Bougre avait invité son copain à se rapprocher d'Antoine, sachant que celui-ci partageait volontiers.

Il fallait bien que l'un des hommes, la bouche pleine, parlât du retour des prisonniers en invitant Antoine à se raconter. Le jeune homme s'y était préparé, cette question, il l'attendait.

– Je n'ai rien à ajouter à ce que vous savez déjà.

D'autres vous l'ont raconté, dont mon ami Pierre Chailloux et aussi mon cousin Jean-Jacques.

– Tu en as mis du temps à revenir ! On dirait que tu as pris tes aises ! ricana Félix.

Voilà. Il lançait la première pierre dans son jardin…

– J'ai tardé à revenir, c'est vrai, et ma mère en est morte. Je vous dirai ce soir pourquoi j'ai tardé à revenir. Mais toi, Félix, où étais-tu pendant la guerre ? où étais-tu pendant qu'on se faisait trouer la peau, ou que l'on crevait de faim dans les camps de prisonniers ? Tu étais où, toi ?

– J'ai été reconnu inapte au service militaire ! cracha Félix. Par des docteurs !

– Voilà bien ce que je pensais, tu es resté planqué. J'espère au moins que tu t'es bien conduit envers les familles de ceux qui défendaient le pays ?

Félix baissa le nez dans son assiette.

– Il s'est bien comporté ! intervint l'un des hommes. C'est quoi ces sous-entendus ?

Tous les regards convergèrent vers Antoine.

– Puisque vous le dites ! Mais parlons d'autre chose. Ce soir les greniers déborderont d'une belle récolte, vous ne croyez pas ? Et chez vous, vous battez quand ?

Encouragés par Louis, les hommes oublièrent leur sujet de trouble. Antoine affûtait ses armes. Il s'était promis d'attendre la fin du battage.

Valentine poussa un long soupir. Elle avait craint le pire… la journée menaçait d'être éprouvante.

Le café servi copieusement dans les verres semblait satisfaire ces hommes repus que le vin avait rendus audacieux. Au passage des deux filles, des mains s'égaraient, incontrôlables. Elles ne s'en offusquaient pas, lâchaient seulement un petit rire et s'éloignaient, la jupe dansante.

– Ce soir, avant de partir, je vous jouerai un air d'accordéon, promit le Jeannot, un habitué du piano à bretelles.

On applaudit en riant, mais déjà le rappel strident de la loco se manifestait. En un éclair, la mémoire d'Antoine s'emplit d'autres sifflets rappelant les prisonniers à leur travail épuisant...

À cet instant précis, Félix le frôla en le toisant du regard, avec un petit sourire de mâle vainqueur. Il avait reconquis Valentine !

Antoine songea à cette autre femme, si tendre, si douce, dont son cœur caressait l'image et qui l'attendait, quelque part.

Plein soleil... Chaleur d'été, poussière de paille, d'épis, hommes en sueur, vapeurs et fumée de la machine qui gronde et mâche... Une scène appelée à disparaître, comme ces animaux au bord de l'extinction, ou ces cirques ambulants qui allaient de ville en ville apporter le rire et le frisson... Ici, la meule de paille se défait et se reconstruit presque au même endroit, simplement plus légère, libérée de son grain. La loco a toujours soif, les hommes aussi, certains ont posé la chemise, les plus jeunes.

– T'as pas trop chaud, Antoine ?

– Au contraire, je me gèle !

La rigolade est générale et réussie. Le travail se poursuit, le grain s'étale au grenier, la meule de seigle est maintenant entamée après une courte coupure.

Fargues et Louis Vieillessente parlent un moment, à l'écart, tout semble se dérouler au mieux.

Valentine et Violette désaltèrent généreusement tous ces hommes en sueur, il ne saurait être colporté qu'à Fonterouge on économise le vin même si quelques-uns, plus prudents que les autres, réclamaient de l'eau fraîche du puits. Julia n'a guère le temps de s'approcher, la vaisselle du midi et la préparation du repas de fin d'après-midi ne lui laissent pas ce loisir, même secondée par les deux femmes. De ses repas on se souviendra, et peu du reste !

La botteleuse cliquette sur le seigle plus gris que la paille du blé, les épis aux barbes touffues aiment courir entre les vêtements et la peau, désagréables jusque dans la gorge. Hélas ! La loco toussote, le docteur Fargues intervient en hâte. Les heures passent, les hommes, pourtant habitués, fatiguent. Moments incontournables où les plaisanteries – souvent de mauvais goût – fusent du haut de la batteuse, du pied des meules, du grenier ou du haut des fourches. Les filles pouffent, elles n'écoutent pas mais entendent tout.

Le travail se termine, il n'y a qu'à la loco qu'on ne donne plus à boire. Les deux meules ont été reconstruites, les courroies sont lasses, la machine halète puis perd son souffle. Louis peut afficher sa joie, tout s'est bien déroulé, il faut maintenant remettre un peu d'ordre, libérer la place, ce grand théâtre d'un jour qui voit depuis des générations passer le grain des hommes.

La table les attend tous. Moins pressés cette fois, on se laisse aller sur les bancs. L'apéritif est frais dans les verres et au palais, on trinque à ce jour qui prend fin, mais aussi aux prochains, au grain à venir et que la terre ne cesse d'offrir aux hommes.

Julia invite à commencer le repas. Les conversations reprennent, ragaillardies par la bonne chère de la maîtresse de maison qui n'a assurément pas compté sa peine.

La fraîcheur commence à tomber sur le hameau, et vient le petit miracle du soir. Les restes de midi paraissent meilleurs, accompagnés d'une salade du jardin, et la tarte maison ne paraît pas assez importante…

À chaque battage, il s'en trouve toujours un pour pousser la chansonnette. Après s'être fait prier longuement « le Charlou » se leva, s'essuya les lèvres d'un revers de main et, dans le silence qu'il attendait, débuta d'une voix pour le moins remarquable, l'immortelle chanson de Pierre Dupont : « *J'ai deux grands bœufs dans mon étable / Deux grands bœufs blancs marqués de roux / La charrue est en bois d'érable / L'aiguillon en branche de houx* », etc. Le succès obtenu, il trinqua à son triomphe… Mais les hommes en voulaient davantage.

– Alors, cette musique, ça vient ? On ne va pas coucher ici !

Ledit Jeannot n'attendait que ce moment, se faire prier lui était délectable. Il disparut un instant puis revint avec sa caisse de bois dont il extirpa un bel accordéon, enveloppé dans une couverture. On lui fit place, on l'installa après une dernière gorgée de vin frais.

Il débuta en tâtonnant.

– C'est comme la loco, les gars, il faut la chauffer !

Tous firent silence et Jeannot retrouva sa méthode, ses airs, ses refrains. Louis, l'homme heureux du jour, décida de montrer qu'il savait danser avec sa femme. Si l'herbe du verger, quoique déjà malmenée, les ralentissait quelque peu, ils furent tout de même applaudis. Un homme demanda à Violette si elle voulait bien, elle aussi... Elle voulut ! Félix se leva, empoigna Valentine par la taille sans lui demander son avis et l'emmena danser. Son regard cherchait celui d'Antoine, et certains, autour de la table, craignaient que la provocation ne dégénère.

Lorsque Félix s'arrêta, il se dirigea vers Antoine, les yeux rougis par la poussière mais aussi par une colère contenue jusque-là.

– Valentine est à moi ! Rien qu'à moi, t'as compris pour de bon ?

Antoine garda son calme.

– Puisque tu le dis ! C'est ta propriété, c'est ce que tu veux dire ?

– Si tu t'approches d'elle, je te fracasse la tête, et quand je dis quelque chose... je n'ai qu'une parole !

– Arrête, Félix, ça suffit ! hurla Valentine.

Antoine fit mine de n'avoir rien entendu.

– J'ai quelque chose à te montrer, Félix, et à vous tous aussi. Avant que cela ne dégénère. Voulez-vous savoir ce dont il s'agit ? demanda-t-il à la cantonade.

Curieux, tous acquiescèrent d'un mouvement de tête. Un murmure courut autour d'Antoine. Jeannot, cramponné à son instrument, ouvrait de grands yeux ainsi que les trois femmes qui attendaient, figées sur place.

Antoine sortit de sa poche sa montre en argent, la montra à tous, puis se tourna vers Félix :

– Tu as déjà vu cette montre, Félix ? Réfléchis bien, c'est très important.

Il répondit non une première fois.

– Jamais vue !

– Et pourtant tu t'en es débarrassé en l'offrant à Valentine, et c'est sans doute ce que tu as fait de mieux car Valentine me l'a offerte à son tour !

– Je ne comprends rien, je n'ai jamais vu cette montre de ma vie !

Mais Félix commençait à blêmir. Il regarda Valentine, qui baissa les yeux.

– Une seule chose m'intéresse, Félix. Où as-tu trouvé cette montre ? dis-le devant tous ces gens, je veux l'entendre et eux aussi.

– Ça ne regarde personne, ce sont mes affaires, et si tu me cherches, tu vas me trouver !

Toujours très calme en apparence, Antoine reprenait :

– Félix, où as-tu trouvé cette montre ?

– Je l'ai achetée à quelqu'un qui l'avait trouvée, et alors ?

Antoine se dirigea alors vers Julia.

– Tante Julia, regardez cette montre, elle ne vous rappelle rien ? Examinez-la attentivement.

Julia, intimidée par la tournure des événements, hésita, mais se rapprocha de son neveu.

Antoine ouvrit la montre. Julia vit le cadran. Antoine actionna le deuxième volet secret qui libéra une photographie que Julia reconnut aussitôt. Elle poussa un petit cri de surprise et s'écria :

– Mon Dieu ! C'est la montre de ton père avec la photo de ma sœur, Marguerite, ta pauvre mère ! Je la reconnaîtrais entre mille. Depuis la mort de ton père, elle demeurait pendue au-dessus de la cheminée.

Laisse-moi voir ma sœur encore un peu, s'il te plaît, dit-elle en prenant l'objet.

La stupeur s'empara des témoins de la scène. Antoine s'avança vers Félix.

– Où as-tu trouvé cette montre ?

Pour toute réponse, Félix se jeta sur lui, le ceintura et le jeta au sol. S'il eut l'avantage de la surprise, Antoine se rétablit en quelques secondes. Il encaissa la grêle de coups mais parvint à maîtriser Félix et à le clouer de douleur par une clef au bras à lui démonter l'épaule. Le cercle autour d'eux se resserra et tous se demandaient ce que voulait Antoine. L'autre hurlait comme un porc que l'on saigne, le visage mouillé de sueur, et de larmes de rage. Antoine serra davantage.

– Arrête, tu vas me briser l'épaule !

– Où as-tu trouvé cette montre ? Je ne te casserai pas une épaule mais les deux si tu t'obstines à ne pas parler.

Et il serra encore.

– C'est ta mère qui me l'a donnée, je te le jure !

– Elle n'a pas pu te la donner car elle est à moi depuis que mon père est mort. Je t'accuse de l'avoir volée alors que tu venais de découvrir ma mère, tu as volé ma mère sur son lit de mort ! Avoue donc !

– C'est vrai ! hurla-t-il sous la douleur de la torture, c'est vrai ! répétait-il pour que l'autre le lâche enfin.

Antoine le bloqua d'un coup sec et le délivra en le laissant au sol telle une loque.

Puis il regarda les visages qui l'entouraient.

– Vous êtes tous témoins. C'est une affaire réglée. Quant aux questions que vous me posiez à midi, c'est vrai, je suis revenu bien tard, mais parce que j'ai réussi à survivre.

Il déboutonna sa chemise et l'ôta d'un même mouvement. Un cri s'éleva du côté des femmes, les hommes réussirent à se contenir, mais un frémissement courut parmi eux. Du cou à la ceinture, le torse d'Antoine n'était qu'un tapis de coutures à vif, bourrelets de chair rougis et que l'on devinait tout juste refermés, boursouflures mal cicatrisées, un vallonnement de chairs torturées qui laissait sans voix. Comment ne pas songer aux atroces blessures qui avaient laissé de telles traces… dans le corps et l'esprit d'un homme.

Personne n'osait bouger, s'approcher de cet homme qui n'avait pas défait le moindre bouton de col depuis son retour. Antoine renfila sa chemise et s'éloigna. Julia courut derrière lui et le prit dans ses bras en sanglotant, sans pouvoir articuler un seul des mots qu'elle aurait tant voulu qu'il entende.

Autour de la table, un silence profond s'était installé. Félix repartit seul chez les Chavaroche. Les hommes se décidèrent enfin à prendre un dernier verre avec dans la tête des images bien difficiles à raconter. Fargues leur lança :

– À lundi, comme convenu !

Certains traînèrent encore, histoire de revivre ensemble l'incident.

– Il ne nous a pas dit grand-chose, mais… C'est un miraculé !

Un miraculé. Ils ignoraient à quel point.

Quant aux trois femmes, elles débarrassèrent la table en silence, sans échanger un mot.

Au moment de se séparer, Julia retint Valentine par le bras.

– Dis-moi, ma fille ! Tu savais pour la montre de ma sœur ?

– Je vous jure que non ! Je vous en donne ma parole ! Sinon jamais je ne l'aurais acceptée. Jamais !

Julia hocha longuement la tête.

Valentine ne demanda pas son reste et s'échappa d'un pas rapide.

Julia s'assit enfin, les reins noués, le corps brisé de fatigue.

Les sanglots restaient accrochés à sa gorge douloureuse. Elle pensait à sa sœur, à ce fils que le sort avait torturé, et à ce voyou de Félix à qui elle aurait volontiers démoli le vilain portrait. Il lui venait souvent l'envie d'être un homme, d'avoir des poings à balancer au beau milieu d'une face de faux-jeton. Elle se prit à sourire d'elle-même.

Autour d'elle, Fonterouge avait retrouvé la paix. Fargues ne prendrait ses engins que le lendemain soir, le dimanche. Seules les silhouettes se dessinaient à présent sur l'horizon orangé. La loco avait gardé sa cheminée dressée. Prête à recommencer.

Ce soir-là, étrange entre tous, les Vieillessente s'étendirent dans leur lit sans parler. Les yeux ouverts sur l'obscurité violette de la chambre, ils songeaient tous deux à la même chose. Au labeur qu'abattait Antoine. À la tâche qu'eux-mêmes lui demandaient d'abattre… alors qu'il n'était que blessures vives. Sur le visage de Julia, les larmes coulèrent en silence, salées et amères.

Antoine se leva à la même heure que les autres jours ce dimanche matin. Les Vieillessente l'attendaient pour le premier café. Louis s'approcha de lui, posa sa main sur son épaule :

– Tu as bien fait les choses, Antoine, nous sommes fiers de toi, n'est-ce pas, Julia ?

Elle replaça une mèche dans son chignon avant de répondre.

– Cette histoire de montre disparue me pesait sur le cœur. Tu as eu de la chance de la retrouver. J'ai beaucoup pensé à ma sœur. Elle doit être fière de toi, elle aussi.

La voix de Julia se perdit dans un sanglot.

– Allons, ma tante, c'est une affaire réglée, n'en parlons plus. Pas plus que de Valentine d'ailleurs.

Ils comprirent.

Antoine se rendit à Saint-Santin-les-Roses à l'heure de la sortie de la messe. Lorsque le curé Boussal l'aperçut, il lui adressa aussitôt un signe.

– Bonjour Antoine, comment te portes-tu ?

– Bonjour, père Boussal. Ça va, merci. Si vous êtes disponible, j'aimerais parler avec vous cet après-midi.

– C'est entendu ! Dis donc, tu en as fait de belles, hier soir, on ne parle que de toi au village…

Antoine lui lança un petit sourire accompagné d'un geste signifiant que tout cela n'avait plus d'importance.

Au même instant, la voiture des gendarmes traversa le village.

Puis Antoine s'en retourna à Fonterouge, Bougre sur les talons.

– T'as pas la mauvaise vie, hein le chien ? Des maîtres gentils, qui te demandent seulement de surveiller et de signaler les visiteurs, de chasser les intrus, de veiller au troupeau parfois. Quoi d'autre ? Ah, courir après quelques gueuses, par-ci par-là, à la belle saison, ou inviter des copains à festoyer... Je t'ai vu ! Mais tu es chez toi ici. Quand j'étais enfant, moi aussi j'avais un chez-moi, bien modeste, mais c'était ma maison. Et puis j'avais un père et une mère, et ils m'aimaient. Tu vois, le chien, il faut traverser la haine pour reconnaître l'amour... Comme toi tu sais faire la différence entre les caresses et les coups de pied. Aujourd'hui, je suis fatigué. Je me sens orphelin de tout. Si le hasard ne m'avait pas envoyé chez l'oncle et la tante cet été, on ne se serait même pas revus, et ç'aurait été dommage, crois-moi. Et puis, on ne se serait pas connus non plus, nous deux !

Il caressa le fouillis de poils et Bougre remuait la queue, heureux de savoir, ou de ne rien savoir, comment savoir ?

Fonterouge apparut. Les énormes engins inanimés semblaient profondément endormis.

Les feuillages alourdis de chaleur se détendaient dans la fraîcheur de la pénombre. Et Antoine les écouta zézayer doucement, au rythme de la brise de nuit.

11

– Tu n'as pas perdu de temps, mon pauvre Antoine, lui dit Julia en glissant le mot « pauvre » pour lui signifier plus d'affection que d'habitude.

– Je voulais juste rencontrer le curé, le prévenir pour cet après-midi, il faut que je le voie. Je dois vous dire que j'avancerai peut-être mon départ de deux ou trois jours si vous le permettez. Disons que si nous nous entendions pour dimanche prochain, ça me conviendrait, les battages seront terminés, le plus gros de la saison sera bien avancé.

– Tu nous as tellement rendu service, comment te refuser ça ? Louis sera d'accord, ne te fais pas de soucis. Mais... tu nous manqueras tellement ! Tu ne veux pas me dire où tu vas ?

– Dans un premier temps, je vais à Paris, puis sans doute en Alsace où j'ai été soigné, mais ce n'est pas la peine d'en parler...

Julia acquiesça à contrecœur.

Antoine observait l'aire de battage en pensant qu'il faudrait la débarrasser des débris de paille qui jonchaient encore le sol, lorsque la voiture des gendarmes vint se garer près de la maison. Julia fit aussitôt le rapprochement avec les événements de la veille. Deux hommes en uniforme se présentèrent et demandèrent Antoine Coupière.

– C'est moi-même, messieurs.

– Nous souhaitons bavarder avec vous, suite à l'incident d'hier soir. Ne vous inquiétez pas, nous n'avons rien contre vous ! Mais l'affaire nous ayant été signalée, nous devons enquêter.

Julia s'avança :

– Entrez, messieurs, je vous laisse la maison, avec vous, je sais qu'elle sera en de bonnes mains !

Antoine jeta un regard étonné à sa tante.

Ils s'installèrent autour de la table. Le jeune homme, qui n'appréciait pas plus que cela les uniformes, dut répondre à des questions concernant Félix.

– Nous l'avons rencontré ce matin à Esquiral, il nous a avoué le forfait et nous l'inscrirons sur la main courante. Quant à vous, monsieur Antoine Coupière, désirez-vous porter plainte ? Ce qui paraîtrait normal en la circonstance.

Antoine, agacé par l'ampleur que prenait ce règlement de comptes, hésitait à répondre.

– Vous pouvez ne pas déposer plainte et l'affaire en restera là, monsieur Coupière.

– Il a avoué devant tout le monde, nous étions tous à table, c'est déjà une grosse punition pour lui. Je ne désire pas porter plainte, messieurs.

– Très bien. Nous respectons votre décision, nous avons plutôt l'habitude du contraire dans de telles affaires.

Les gendarmes se levèrent, saluèrent et quittèrent

Fonterouge, non sans avoir, avec le sourire, échangé avec Antoine une chaleureuse poignée de main.

Cette visite de la maréchaussée ne tarderait pas à alimenter les cancans dans tout le village, sans oublier les hameaux alentour.

Et l'idée le fit sourire.

Antoine se rendit à la cure de Saint-Santin-les-Roses où le curé Boussal l'attendait.

– Merci de me recevoir, père Boussal, j'ai décidé de partir plus tôt que prévu, le plus gros du travail est terminé maintenant. Je crois que le domestique que j'ai remplacé pourra revenir prochainement.

– Bonne nouvelle pour lui, il a deux enfants en bas âge… Quant à toi, tu as fait le ménage, m'a-t-on dit ?

– Vous voyez cette montre, père Boussal ? C'était celle de mon père. Je regrette que les gendarmes soient venus ce matin à Fonterouge, je n'ai pas porté plainte, j'espère que Félix s'en remettra, ce n'est pas un mauvais garçon…

– Toi non plus, à ce que je vois. Je t'avais promis de te parler de la guerre en France…

– Oui, mais comme je m'en vais bientôt, père Boussal. C'est mon tour de vous parler.

Surpris, le curé s'installa confortablement, bien décidé à écouter Antoine. Ça ne ressemblait pas à une confession, plutôt à quelque chose qui le tourmentait… Il songea à faire du café et revint très vite, avec deux tasses fumantes.

– Bien, je t'écoute, mon garçon. On m'a dit que

certains prisonniers écrivaient des livres racontant leurs souvenirs.

– Après les guerres, beaucoup de livres sont publiés ; la presse a même cité un Allemand revenu chercher une Française pour l'épouser.

– Tous les soldats ne sont pas d'atroces tueurs. Allemands et Français, nous étions tous pareils, ouvriers, employés, paysans, pères de famille avant de partir... J'aimerais pouvoir l'écrire mais je ne saurais pas. Si je suis encore là, c'est que j'ai eu une chance inouïe. La mort n'a pas voulu de moi.

Ils échangèrent un sourire. Le curé leva l'index vers le ciel. Antoine se dit qu'il avait sans doute raison.

– N'avoir pas pu combattre et se faire prendre comme des bleus, nous, l'armée française ! Nous étions tellement humiliés ! Et ce terrible voyage à travers l'Allemagne après avoir croupi dans des cantonnements surpeuplés en France, chez nous. On nous a chargés dans des wagons de marchandises, entassés dans des wagons à bestiaux, serrés à en avoir le souffle coupé pendant plus de neuf ou dix heures, sans pouvoir s'asseoir. Les quelques arrêts nous redonnaient un peu d'espoir, mais nous repartions, sous les coups de crosse et les coups de pied pour ceux qui n'en pouvaient plus. J'étais parmi les plus jeunes, j'ai mieux supporté. Deux jours, deux nuits entrecoupés d'arrêts incompréhensibles et sans pouvoir descendre du train...

Antoine se tut un instant, laissant affluer les souvenirs.

– On est enfin arrivés quelque part, dans une gare où nous attendaient des soldats allemands armés jusqu'aux dents. Nous avons rejoint un camp à pied, traversé un village où des oriflammes et des drapeaux rouges à croix gammée pendaient aux fenêtres. La population paraissait étonnamment calme. Arrivés au camp, nous avons été pris en charge par la machine administrative de la Wehrmacht. On nous a pris tout ce que contenaient nos minces musettes. Ensuite est venu l'épouillage des vêtements et des corps. Les habits sont passés à l'étuve avant de nous être rendus. Et bien sûr on attend, tout nus, jusqu'à ce qu'on nous rase la tête et le reste, et qu'on nous badigeonne le corps. Quand on ressort de cette douche collective, on ne se reconnaît plus, avec l'impression d'être nus jusque dans notre cerveau. Oui, père Boussal, nus même dans nos pensées. Puis on nous remet une petite plaque avec un numéro qui devient notre nouvelle identité. Les vêtements reviennent et nous voilà poussés vers les baraques. Et là, l'expression « prisonnier de guerre » colle à la peau, nous envahit totalement, on se retrouve plongés dans une espèce de formol !

Le café a été oublié sur la petite table. Ni l'un ni l'autre n'y pense… Antoine, les yeux perdus, refait le voyage.

– C'est là qu'est arrivée une sorte de soupe et nous avons rejoint nos baraques où s'entassaient plus de trois cents pauvres gars. Les Allemands avaient pour la plupart de drôles de gueules, ils devaient les choisir pour affirmer leur domination. Le lendemain, on nous a triés, jetés dans des camions, et direction l'usine, le chantier, l'atelier, etc.

Il se tut un instant, pour retrouver son souffle, son calme aussi, avant de reprendre :

– On a eu l'impression de se sentir mieux dehors en

respirant autre chose que cette moiteur des baraques surchargées, mais quand on a pris conscience du travail qui nous attendait, on a vite déchanté. Moi je n'étais pas fait pour travailler dans cet endroit, dans la fumée, les gaz suffocants. Il me fallait le grand air, celui d'Esquiral auquel je pensais tant. Je l'ai espéré comme un fou, pendant deux ans, de l'été 1940 à mai 1942. Le dimanche, il nous était permis de nous rendre au village voisin, de boire un coup au café, les Allemands étaient contents de nous avoir pour faire le sale boulot. Qui l'aurait fait sinon les prisonniers ?

– Mon pauvre Antoine…

– Oh, je n'étais pas à plaindre, des copains en ont plus bavé que moi. Ils sont morts dans des accidents de travail, de trajets, nous étions conduits chaque matin et ramenés le soir, sauf les dimanches. Et puis un jour, changement de programme. Le miracle ! Ils ont embarqué une trentaine d'entre nous dans un camion et on s'est retrouvés dans un petit baraquement. Un commando de travail. C'est là que nous serions ramenés tous les soirs pour dormir sous clef et bonne garde. Tout autour, c'était la campagne ! Et je suis désigné avec un camarade du Sud-Ouest pour rejoindre la ferme à laquelle on nous a affectés. Quel espoir j'ai eu ! Même si d'autres se plaignaient des paysans, je savais que j'aurais au moins de l'air à respirer et de la terre à travailler ! Dieu soit loué !

Le curé apprécia les derniers mots.

– Et ce hasard, il t'a été favorable ?

– C'était une ferme moyenne, en Bavière. Dans cette région, il y en a de magnifiques, de très grandes aussi. J'ai tout de suite respiré la terre, elle ressemblait à celle d'Esquiral, à la différence que là-bas, on cultive du houblon pour fabriquer la bière, mais il y avait des vaches partout, ça m'a rassuré, oui, ça m'a rassuré. La famille de paysans se composait d'un couple d'une cinquantaine d'années, dont l'homme boitait bas, et de leur fille de 25 ans. Nous avons appris par la suite qu'elle avait deux frères partis faire la guerre. L'un était sous-officier en France et l'autre avait été tué au début du conflit en Pologne. Le plus beau souvenir qui me revienne ? Celui du premier repas pris avec mon camarade Laborie à la table de ces paysans. Dès le premier jour, on a partagé leur table, bu une bière et pris un café. Le premier repas digne de ce nom depuis bien longtemps. Je n'y croyais pas, je me souviens d'avoir eu une pensée pour ma mère à Esquiral. Pourquoi ? Je n'en sais rien, peut-être le fait de partager un repas « familial » sans doute. Nous nous sommes mis au travail d'arrache-pied pour conserver cette affectation. On découvrait un matériel moderne, tracteur, râteau-faneur, charrue, moissonneuse-batteuse, etc. Les chemins d'accès étaient larges et l'environnement de la ferme d'une propreté… Je n'avais jamais vu ça chez nous. Et puis, chose curieuse, on ne percevait aucune haine envers nous dans cette maison si bien tenue. On ne parlait que quelques mots d'allemand au début, puis on a appris leur nom : Bayerl, inscrit sur le pilier de l'entrée de la ferme. La jeune femme s'appelait Johanna, Johanna Bayerl – Johanna de Bavière, je l'ai appris plus tard. Les baraques du commando, à près de 40 kilomètres, nous attendaient chaque soir. Le chef nous fichait la paix, on ne se portait jamais malades, ni l'un ni l'autre. Le travail à la ferme nous permettait d'oublier notre condition de prisonniers. Les longues journées de moisson, les récoltes du houblon, l'arrachage des pommes de terre, l'entretien de la petite vigne familiale, rien ne nous rebutait, et physiquement, on se portait bien. M. Bayerl, qui boitait lourdement, paraissait si satisfait qu'au bout de quelques mois, il s'est rendu au commando et a demandé l'autorisation de nous loger pendant la nuit. Quelques jours plus tard, on dormait chez les Bayerl, sans le moindre gardien. Et dans une chambre ! Une chambre pour nous deux, avec deux lits et des draps, un coin toilette ! Au début, les propriétaires fermaient notre porte à clef de l'extérieur chaque soir, selon la consigne. Puis, petit à petit, Johanna, qui était chargée de la fermeture, l'a oublié, et nous a remis même la clef. On ne se rendait au baraquement que le dimanche, et il nous tardait de repartir. Le délégué des prisonniers nous avait pris en amitié.

Antoine s'arrêta soudain, enfouit son visage dans ses mains et resta ainsi un long moment, sans que le curé intervienne. Il finit par relever la tête.

– Laborie recevait de temps à autre du courrier par le Commando, moi, jamais. J'avais demandé à ma mère de ne pas envoyer de colis, je savais qu'elle tirait le diable par la queue. Un dimanche, le responsable des Français m'a fait comprendre qu'il nous oublierait volontiers dans la ferme, si on le souhaitait. C'était au printemps 1943. Les Bayerl en étaient ravis et les mois et les saisons ont défilé dans cette ferme de Bavière où deux Français cultivaient la terre comme chez eux, labouraient, semaient, récoltaient le blé et entretenaient la vigne, faisaient les vendanges et s'occupaient des bêtes. Les parents Bayerl nous appréciaient, ils avaient appris à nous faire confiance. Un jour, Johanna a reçu une lettre de Stein, son frère. Il racontait que durant une baignade dans la Loire, il avait failli se noyer. «J'ai vu de près ma dernière heure arriver», disait-il. Il avait été sauvé avec un camarade par des paysans français qui, sans hésiter, leur avaient lancé une corde. Quand ils ont été sauvés, et qu'ils ont voulu les remercier, les paysans ont simplement fait un signe de la main et ont continué leur travail de fenaison. Et il ajoutait: «Je te demande, chère Johanna, de bien te comporter avec ceux qui sont chez nous, je sais que tu me comprendras!» Nous étions des prisonniers perdus mais vivants. Les parents Bayerl écoutaient la radio, s'entretenaient de cette guerre et de leur fils Stein, et on comprenait parfois… mais jamais ils ne nous en parlaient directement. Et puis un jour est arrivée une convocation pour le père. Il devait rejoindre un camp militaire malgré son état de santé. L'Allemagne d'Hitler s'enfonçait dans le désastre et ils mobilisaient les hommes âgés. Alors on a travaillé plus encore pour le remplacer! Me croyez-vous, père Boussal?

– Je veux bien te croire d'autant plus que tu étais loin des événements qui se déroulaient en Europe…

– Au début de 1944, on a appris la mort de Stein. Johanna et sa mère ont été terriblement éprouvées, elles nous ont suppliés de ne pas les quitter. Je me demandais alors ce qui pouvait bien se passer dans mon pays, et j'ai questionné Johanna qui m'a répondu: « C'est la guerre partout, Anton, c'est la guerre partout, le monde a perdu la raison! » Puis des chefs du commando sont venus nous rendre visite, vérifier sans doute qu'on ne s'était pas évadés. Le responsable des Français s'était déplacé, on nous a remis en catimini nos cartes d'identité ! « Il faut tenir bon, ça se gâte pour eux », nous a-t-il dit. On n'a pas compris sur le moment et posé aucune question. Ces papiers qu'on nous avait arrachés en arrivant au premier camp, en 40, revenaient comme par miracle. Ils ne nous serviraient à rien, seule notre plaque... Laborie réfléchissait plus que moi. Il me dit : « Ce type sait sûrement des choses que nous ignorons, tu as vu passer tous ces avions... ces temps-ci ? On est à quelle distance de la France d'après toi ? – Peut-être à 500 kilomètres, au moins... » Depuis pas mal de temps, on entendait des bombardements lointains, on apercevait des avions de plus en plus nombreux, sans savoir ce qui se passait.

– Vous ne saviez pas que les Alliés bombardaient leurs usines depuis pas mal de temps, Anglais, Américains, Français et aussi les Russes qui avançaient sur l'Allemagne ? demanda le père Boussal.

– Comment savoir ! Par qui ? Les prisonniers qui travaillaient dans une grosse ferme à deux kilomètres et qu'on rencontrait parfois au risque de se faire pincer, nous avaient annoncé que les Allemands ne tiendraient pas longtemps, les Alliés leur fichaient de sacrées raclées et bombardaient sans relâche leurs outils de production d'armes, de munitions et de matériel de guerre. Mais c'était vague. Les Bayerl devenaient très soucieux. Les deux femmes, restées seules, travaillaient durement. Le père donnait des nouvelles, il était requis dans un camp de prisonniers au nord. Puis un jour, il a fallu rentrer au camp sur un ordre urgent. Un camion nous a récupérés avec quatre autres. On a à peine eu le temps d'entendre les avions de chasse qu'ils lâchaient des tonnes de bombes sur nous. Une erreur sans doute ? On ne le saura jamais. Ma vie, comme celles de mes camarades, devait s'arrêter ce jour-là.

Antoine ouvrit les mains, en un geste d'ignorance.

– Quant au reste, on me l'a raconté bien plus tard. De braves gens m'ont extirpé des cadavres, m'ont soigné nuit et jour pendant longtemps, très longtemps. J'avais perdu la mémoire, la parole... Le commando de travail a été détruit, incendié. Seuls furent sauvés les prisonniers qui étaient sur leurs lieux de travail. Ils ont été dirigés plus tard vers le stalag ; beaucoup se sont évadés, perdus dans la nature. Quant à moi, j'en suis sorti vivant mais bien plus tard... Voilà toute mon histoire, père Boussal, elle n'a rien d'original. Je voulais vous la raconter avant de partir, dimanche prochain...

Armand Boussal se tut. Antoine lui cachait une partie de la vérité, il le percevait dans chacune de ses intonations, chacune de ses phrases qui se heurtaient parfois à une barrière. Mais il avait tant d'amitié pour ce jeune homme, aussi ne lui posa-t-il aucune question qui put l'embarrasser.

Antoine avait mis un point final à son récit lorsqu'il se souvint soudain de quelque chose :

– Auriez-vous abandonné votre passion de peindre, père Boussal ? Si je me souviens bien, vous...

La question fit fleurir un agréable sourire sur le visage du père Boussal...

– Je continue, mais de façon intermittente. Tu aimerais jeter un coup d'œil à mes toiles ? Ce ne sont pas des chefs-d'œuvre !

– Avec grand plaisir.

Le prêtre mena son visiteur vers une pièce exiguë, une sorte de fourre-tout où il pratiquait son art et rangeait – si l'on peut dire – ses toiles, son chevalet, ses pinceaux, ses huiles, ses couleurs. Il devait y avoir là plus de cinquante toiles, d'autres attendaient inachevées.

– Je n'ai jamais vu autant de tableaux de toute ma vie ! s'exclama le garçon.

– Parce que tu ne visites pas les expositions ! Voilà la raison.

Des paysages, des quartiers de Saint-Santin-les-Roses, et aussi des bouquets de fleurs. Puis, tout contre le mur du fond, une très grande toile posée à l'envers, un peu inclinée. Précédant la question qu'il sentait venir, Boussal dit :

– Aide-moi à la retourner, Antoine.

Sur cette toile de trois mètres sur deux apparut une scène de guerre, saisissante. Des soldats, des fantassins français, semblaient sortir de la toile, des conquérants montrant leur courage, tandis que des bombes explosaient derrière eux. Rien ne semblait pouvoir les arrêter dans leur course et leurs visages laissaient deviner leur jeunesse. Le peintre se taisait, observant lui aussi l'allure généreuse de cette jeunesse allant à l'affrontement.

– C'est extraordinaire, père Boussal, murmura Antoine. Ces hommes paraissent vivants, inconscients aussi du danger.

– Je ne sais pas pourquoi j'ai entrepris ce tableau, mais il m'habitait depuis longtemps.

– Aucune de vos toiles ne sont signées, vous allez quand même le faire ? Ce serait dommage si…

– L'important n'est pas là, Antoine. J'ai connu le plaisir de les créer, c'est déjà presque un péché pour moi !

– Un péché ?

Antoine en demeura sans voix. Puis tous deux revinrent dans l'autre pièce où le curé fit réchauffer le café.

– Il est temps pour moi de rejoindre Fonterouge, père Boussal. L'heure de la traite approche, mon oncle Louis a bien du travail ces jours-ci avec le battage. Peut-être n'aurai-je pas le temps de vous revoir. Les jours défilent à une telle vitesse. Mais je ne vous oublierai jamais, je penserai souvent à votre chef-d'œuvre, même non signé !

Ils se donnèrent l'accolade, avec une émotion silencieuse. Le menton du père Boussal se mit à trembler. Il regarda s'éloigner non seulement l'homme, mais l'enfant, l'adolescent difficile, le soldat, blessé au corps et au cœur… Et il sut qu'il ne le reverrait jamais.

Sur la place, comme tous les dimanches, les joueurs de quilles s'en donnaient à cœur joie. Antoine en profita pour les saluer. À sa grande surprise, Cadreto s'approcha de lui :

– Il paraît que tu vas repartir, Antoine. J'ai mauvais caractère mais j'aurais aimé parler avec toi.

– Un peu tard, monsieur Cadreto. Je vous en veux de m'avoir refusé la conversation et de m'avoir ignoré, je vous aimais autrefois. Nous n'avons plus le temps de nous voir, je pars dimanche prochain…

– Je regrette, Antoine Coupière, je regrette.

Antoine partait lorsque Valentine l'aperçut et vint vers lui.

– C'est dommage pour nous deux, Antoine, je crois bien que…

– Il ne s'est rien passé, Valentine, rien du tout. Je vois qu'on te réclame, là-bas…

Et il disparut, la laissant plantée là.

Bougre l'attendait devant la porte et lui fit fête. Antoine se changea et rejoignit les Vieillessente à l'étable.

– Tu n'as même pas pu profiter de tout ton dimanche ! On se serait bien débrouillés tous les deux. Alors, le curé Boussal va-t-il bien ? Vous avez dû vous en raconter sur cette putain de guerre !

– Vous avez raison, oncle Louis, le sujet semble inépuisable. Il m'a même dit que des Allemands étaient revenus chercher des Françaises après la guerre pour les épouser.

– Ça, vois-tu, c'est une chose que je ne pourrais pas supporter. Imagine que Jean-Jacques ou même toi épouse une Allemande après ce qui s'est passé ? Elle ne franchirait jamais le seuil de notre maison, au grand jamais ! Nous en serions déshonorés.

Julia acquiesça. Antoine comprit qu'il ne fallait pas revenir sur le sujet et n'y revint pas. Ils parlèrent des battages à venir, où Antoine se rendrait, comme convenu.

Antoine se repassait une fois de plus le cours de l'abbé Boussal sur la guerre, il lui revenait en mémoire sans cesse, tant il mesurait sa méconnaissance du sujet.

Comment de si grands événements avaient-ils pu lui échapper ? Aurait-il lui-même favorisé cette situation ?

Il commençait à se persuader du bien-fondé des reproches de ses concitoyens. Son pays aimait-il encore le petit Antoine, fils de Marguerite et Jean Coupière, parti et revenu trop tard, bien trop tard ? Comme un fer rougi au feu, le mal-être s'installait dans son cœur et jusque dans son corps. Alors, pris de panique, il contemplait longuement les photos d'une femme, la seule qui pût le comprendre et l'aider...

Encore deux journées de battage, deux journées propices aux regards inquisiteurs, peut-être même aux questions. L'incident de Fonterouge avait circulé comme une traînée de poudre. Un tel événement ! Des hommes nouveaux apparurent dans les équipes, mais point de Félix. Une réaction sage du maître d'Esquiral.

Au cours du travail, certains ignoraient Antoine, d'autres lui tapaient gentiment sur l'épaule. Fargues lui témoignait de l'amitié sinon du respect. Antoine déclina cependant l'invitation au repas du soir des fermiers, préférant se réfugier loin des propos sournois qu'il percevait, même chuchotés au creux de l'oreille.

Les deux jours terminés, Antoine se sentit libéré des regards hostiles ou complaisants. Seule une envie le tenaillait : revoir son ami Pierre Chailloux, avant de s'en aller.

– Je pars dimanche matin, par le train de 8 heures, annonça-t-il aux Vieillessente.

– Nous allons préparer ton compte, Antoine. Si tu

pars à Paris, comme tu nous l'as dit, tu pourrais rendre une visite à Jean-Jacques par la même occasion ; je te confierais bien un panier pour lui, avec des choses de chez nous, un saucisson ou deux, du jambon, un bocal de pâté et quelques gourmandises, je suis certaine qu'il en sera heureux !

– C'est d'accord, Tante Julia. Le rencontrer sera aussi un plaisir pour moi.

– Tu vas bien nous manquer, mon garçon. Tu es bien certain de vouloir prendre ce train ? tenta-t-elle une nouvelle fois.

Antoine s'éloignait déjà, Bougre sur les talons.

Quelques journées encore, puis ce serait le départ. Ce mercredi, entre chien et loup, il prit discrètement le chemin d'Esquiral ; une envie de revoir, de humer, de se pénétrer une dernière fois de l'image de la « maison des pauvres » qui avait été et resterait à jamais la sienne et celle de sa mère.

Il ne franchit pas la clôture où les ronces mêlaient fleurs et fruits, en s'accrochant aux pierres. Il n'enjamba pas le portail, mais il aperçut le chat qui traînait comme au jour de son arrivée, cherchant délicatement – comme seuls ces félidés savent le faire – son herbe et son gîte. Antoine lui adressa un petit sourire en disant : « La "maison des pauvres" a donc toujours son locataire… » Sous l'abri, un peu de paille était étalée, souvenir de la nuit de son retour. Son cœur savait lui raconter les choses que ses lèvres ne pouvaient prononcer. Un dernier coup d'œil vers la minuscule cachette de la clef, avant de s'en aller, sans se retourner, mais sans se presser.

Antoine Coupière, en cette fin de journée d'août, au

moment où l'obscurité effaçait les formes du présent, laissait derrière lui un pan douloureux de son passé.

Alors que son regard s'était égaré vers la voie lactée, il entendit soudain un léger bruit, un souffle haletant. Une silhouette surgit des fourrés.

– Bougre ? Comment m'as-tu retrouvé ? J'aimerais t'emmener, mais que penserait tante Julia ?

Il s'agenouilla, et le chien frémit sous les caresses.

Tous deux rentrèrent bientôt, du même pas, écoutant la nuit résonner de milliers de grillons.

Le lendemain, à l'heure de la sieste, Antoine s'échappa vers la ferme des Chailloux et rencontra Pierre.

– J'ai besoin de te parler, Pierre, je pars dimanche matin !

– Viens dîner ce soir, nous t'attendrons.

À Fonterouge, Louis semblait en proie à une inquiétude qui ne lui ressemblait pas.

– J'ai l'impression qu'on ne te verra guère d'ici dimanche, lança-t-il sans regarder Antoine.

– Je ferai mon travail, mais Pierre est mon seul et véritable ami ici. Faudrait que je passe aussi chez les Delchère, et une dernière fois au cimetière.

– Tu ne pars quand même pas pour toujours ? insista Louis.

– Laisse-le tranquille, intervint Julia d'une voix nerveuse.

Les deux mots : « pour toujours » résonnèrent dans

le crâne d'Antoine. Louis Vieillessente avait raison. Antoine n'envisageait pas de retour.

Pierre Chailloux accueillit son ami avec chaleur. Ces deux-là pouvaient se dire bien des choses et Antoine lui dirait tout aujourd'hui, il l'avait décidé. Aussi sortirent-ils après le repas, avant que la nuit ne tombât tout à fait.

– Comme tu le sais déjà, je m'en vais dimanche matin par le train de 8 heures et pour tout te dire je n'ai pas prévu de revenir de longtemps…

Tous deux marchaient lentement, entre les deux murs de pierres sèches encore chaudes qui bordaient et retenaient l'encaissement du chemin.

– Asseyons-nous un moment, Antoine.

– Je ne reviendrai pas, Pierre, parce que quelqu'un m'attend…

– En Alsace ?

– Beaucoup plus loin, en Bavière, la partie sud-est de l'Allemagne où j'ai été transféré en temps que prisonnier. Il faut que tu saches ce qui s'est passé et pourquoi je suis revenu si tardivement au pays.

– Antoine, tu n'es pas obligé de…

– Tu es mon seul ami ici, mon oncle et ma tante ne pourraient comprendre.

Dans la chaleur apaisée du jour, Antoine cherchait les mots les plus justes.

– En 1944, pendant l'été, alors qu'on rentrait au stalag, notre camion a été bombardé si durement que tous les occupants ont été tués, déchiquetés par l'explosion. À compter de ce moment, rien ne subsiste de cet accident dans ma mémoire.

– Tu as bien dit que tous avaient été tués ?

– Nous étions considérés comme morts. Le miracle, si j'ose dire, a pourtant eu lieu. Des bras m'ont extirpé du carnage, à croire que je vivais encore, sans doute avons-nous la peau dure, nous autres Auvergnats !

Pierre Chailloux attendait fébrilement la suite du récit de son ami mais il ne put retenir sa question :

– Et tu sais qui t'a sorti de là ?

– Oui, les paysans chez qui je travaillais depuis pas mal de temps déjà. Ils ont entendu le fracas des bombes et ont couru vers les lieux du bombardement, pas très loin de leur ferme.

– Attends… Tu as été sauvé par des Allemands ?

– Par deux femmes, oui ! On était deux Français, mon copain Laborie du Sud-Ouest et moi ; il ne restait plus que deux femmes dans cette propriété, la mère et la fille, Johanna, le père avait été rappelé malgré son âge.

– Vous viviez donc chez deux femmes ?

– Oui, on les respectait, je peux te l'affirmer, deux femmes qui travaillaient autant que nous sinon plus. On a eu cette chance de vivre sans trop de problèmes en attendant de rentrer chez nous.

– Cette Johanna n'avait pas d'homme dans sa vie ? Quel âge avait-elle ?

– Le mien, à peu près, et je n'ai jamais vu d'amoureux lui rendre visite.

– Et alors ? Qu'ont-elles fait de vous ?

– Laborie était mort, ainsi que les autres, le chauffeur et son équipier. La suite, c'est elle qui me l'a racontée. Elle m'a transporté chez elle, m'a soigné, a veillé sur moi sans savoir si j'allais survivre. Un vieux médecin est venu souvent, il lui affirmait que j'allais mourir. Je suis resté dans le coma très longtemps, puis un jour je me suis réveillé. Je ne parlais plus, j'étais complètement perdu.

– Au stalag, on ne vous a pas recherchés ?

– Mon pauvre Pierre, les baraquements du commando avaient été incendiés, détruits, chacun s'est enfui comme il a pu, certains ont été envoyés dans un autre camp, beaucoup se sont évanouis dans la nature, la débandade des Allemands était en route.

Pierre, dans l'obscurité, devinait l'émotion de son ami.

– Tu es resté dans cette ferme pendant combien de temps ?

– Jusqu'à cet été !

– Je ne peux pas le comprendre ! La guerre est finie depuis 1945 et toi, tu es resté là-bas ? Dans cette famille ?

– Il m'a fallu près d'un an et demi pour que je ressemble à l'homme que tu as devant toi. Le père de Johanna est revenu un jour, il ne m'a pas chassé, et tout doucement, j'ai repris des forces. La ferme avait périclité de manière incroyable. Les Américains contrôlaient la région, nous les avons rencontrés, j'ai expliqué la situation. Ils avaient d'autres chats à fouetter. J'étais redevable à cette famille de ma vie, tu m'entends ? Ils m'ont sauvé ! Je me suis senti redevable, je les ai aidés comme j'ai pu au début, et puis je me suis investi davantage. Oh ! je sais, je peux comprendre que cela paraisse incroyable !

– Ton histoire d'Alsace ? C'était pour ne pas nous expliquer ?

Antoine haussa les épaules, d'un air las.

– Comment m'expliquer ? J'avais décidé de rentrer, j'étais enfin un homme libre, et puis, Johanna et moi… tu me comprends ? L'incroyable est arrivé avec ma guérison. Nous nous aimions, Pierre, nous nous aimions ! Qui aurait pu m'aimer, vu mon état, tu as vu mon corps ? Je sais qu'aucune femme n'aurait pu me regarder… Et pourtant, Johanna… Il est vrai qu'elle connaissait depuis le début la moindre de mes cicatrices. La chance a voulu qu'elle ait fait des études d'infirmière avant de reprendre la ferme de ses parents.

– C'est invraisemblable, Antoine, j'ai du mal à croire ton histoire, et pourtant je sais que tu dis vrai !

– J'étais revenu pour annoncer à ma mère cette nouvelle. Je veux me marier avec Johanna, si ses parents ne s'y opposent pas. Elle a perdu deux frères à la guerre, Pierre, ses deux frères… Je voulais rassurer ma mère mais j'ai trop tardé, je me sens si coupable de cela.

– Parfois, les événements commandent nos vies, j'ai été prisonnier comme toi et pourtant, je suis loin d'avoir vécu pareille aventure ! Mais je suis fier de toi, Antoine, tu resteras toujours mon ami. Si je pouvais faire quelque chose pour toi…

– Oui, Pierre. Voudrais-tu un jour être mon témoin de mariage ?

– Je ne sais pas comment, ni où, ni quand aura lieu ce mariage, mais j'essaierai d'être ton témoin, oui, j'essaierai !

Ils s'étreignirent d'un coup, le cœur d'Antoine cognait dans sa poitrine.

– La Bavière est une région qui ressemble à la nôtre, si les fermes là-bas sont immenses, modernes, pimpantes, la terre est la même, à la différence qu'elle produit du houblon et quelques…

– Ne m'en dis pas plus, c'est déjà trop.

– … Il y a eu des dégâts bien sûr, des bombardements, mais les lacs te séduiraient si tu pouvais les voir. Le folklore a une place importante, ses châteaux et ses villages du Moyen Âge, ses églises baroques, c'est un décor idyllique ! Je te montrerai le Danube, qui n'est pas très loin de chez nous, enfin de…

– Ma parole, tu es amoureux de ce pays…

– Sans doute, mais Saint-Santin-les-Roses, qui n'a ni château ni lac, gardera toujours sa place au fond de moi. Je te parle de cette terre pour que tu me comprennes, je ne déserte pas mon pays, mais il y a là-bas, sur cette douce colline où le regard porte loin, une femme que j'aime et j'espère qu'un jour, Anne et toi, avec Élise et Émilie, vous viendrez me rendre visite. Aujourd'hui, cela te paraît sans doute de la folie, mais je te recevrai avec tellement de plaisir. La guerre, il faut l'oublier. L'avenir, je l'espère, sera un temps où nous nous entendrons… J'en suis persuadé. Le jour où vous arriverez devant notre maison demeurera l'un des plus beaux jours de ma vie, je te le promets, Pierre !

– Tu as une photo de Johanna ?

– Oui, et même plusieurs, j'en ai toujours une sur moi.

Antoine la sortit délicatement de son portefeuille et la tendit à son ami.

– Dommage qu'il fasse sombre…

– Mon Dieu qu'elle est belle ! s'exclama Pierre. C'est donc Johanna ?

– Oui, Johanna Bayerl, la femme qui m'a sauvé la vie.

Les yeux de Pierre ne quittaient pas la photographie.

– Tu as de la chance, Antoine, je suis heureux pour toi !

Le temps était venu de rentrer mais ils avaient encore des souvenirs à se raconter.

Tout dormait lorsqu'ils poussèrent la porte des Chailloux. Un dernier verre, un au revoir entre deux vrais amis, et ils se séparèrent sur un dernier signe de la main.

Pierre Chailloux eut bien du mal à s'endormir, ce soir-là. Son ami allait donc épouser une Allemande ! Des souvenirs du temps où il était lui-même prisonnier lui revenaient à l'esprit. Il avait été lui aussi envoyé dans plusieurs stalags mais sa vie s'était résumée aux travaux épuisants, maladies, humiliations, famine…

Il ressassait les explications d'Antoine, les retournait dans sa tête. Il avait en ce temps juré de ne jamais remettre les pieds dans ce pays, et voilà qu'il avait fait une promesse à son ami…

12

Antoine consulta sa montre, s'attardant sur ce cadran de porcelaine où les aiguilles sombres marquaient leur contraste sur le fond blanc. Chaque fois qu'il la prenait en main, la maintenait au creux de sa paume, elle lui transmettait comme un message hors du temps, qui lui disait : « Cette fois, on ne se quittera plus ! » Il avait raison.

Alors que Louis tournait près du matériel, il interpella son neveu :

– Il me faudrait bien un tracteur pour tirer cette charrue, dommage que ça coûte si cher, sans compter le carburant, je me demande…

– Vous serez obligé de vous équiper, bientôt vous ne pourrez plus labourer avec vos bœufs, oncle Louis. Avec un tracteur, une charrue à trois ou quatre socs, vous imaginez l'avance que vous prendriez, sans compter la fatigue en moins ? Vous y ajouterez une remorque et tout le travail changera pour vous.

– C'est une bonne idée, mais c'est les sous qui manquent.

– Qu'en pense Julia ?

– Elle tient la caisse et ne l'ouvre que rarement. Si seulement le fils revenait...

– Vous voulez labourer ces jours-ci ?

– Pas plus tard que demain matin. La terre se présente bien, il n'y a pas eu de pluie, c'est le moment idéal.

– Je vous aiderai encore deux jours, il y a si longtemps que je n'ai pas labouré de cette manière...

Tous deux étaient occupés à préparer le matériel quand un homme s'approcha d'eux, un homme qu'Antoine avait aperçu chez les Chavaroche, pour les battages. Il les salua courtoisement, avant de s'adresser à Antoine.

– J'ai ceci à vous remettre de la part de Mme Chavaroche avant votre départ. Ma belle-mère aurait bien voulu se déplacer elle-même, mais sa santé ne le lui permet pas.

Fort embarrassé, Antoine salua à son tour le visiteur, accepta le paquet et remercia.

– Vous lui transmettrez tous mes remerciements.

Louis s'approcha :

– Bonjour, Grandrie, tout le monde va bien à Esquiral ? Vous allez bien entrer et boire un verre...

– Excusez-moi, mais je suis terriblement pressé, je dois retourner de suite à la maison. Merci, ce sera pour une autre fois, monsieur Vieillessente.

Antoine se retrouva avec le paquet à la main, tandis que l'homme repartait, rapide comme le vent.

– Il est vraiment pressé, celui-là...

– Avec l'histoire du Félix, il n'est guère à son aise. La vieille Chavaroche a quand même pensé à toi.

Antoine examina le paquet qu'il tenait en main.

– Je me demande ce qu'il y a là dedans... Je l'ouvrirai plus tard.

– Les vieux Chavaroche ne faisaient guère parler d'eux autrefois. Les domestiques ne s'en plaignaient pas, à condition de travailler dur, les journées chez eux faisaient plus que la moyenne, tu dois bien t'en souvenir ?

– Oh, oui, oncle Louis. Et de la mort de mon père aussi. Ce n'est pas un souvenir agréable.

Antoine posa le petit paquet sur une étagère du hangar et se promit de l'ouvrir quand il serait seul. Et puis il changea d'avis. C'est au moment de passer à table, au repas du soir, qu'il se décida à récupérer son paquet et à l'ouvrir devant le couple soudain attentif. Bien ficelée dans un papier grossier, une boîte rouge apparut, et à l'intérieur un magnifique couteau suisse à habillage bois.

Julia, un peu à l'écart, se redressa pour mieux voir :

– Mais qu'est-ce que c'est, une montre ?

– Non, tante Julia, ce n'est pas une montre mais un très beau couteau suisse. Regardez la croix, là.

– Dis donc, tu vas pouvoir en faire des choses avec tous les machins qu'il y a dessus, ça n'a pas l'air bien solide...

Louis appréciait d'un œil plus connaisseur, et consultait la fiche descriptive pliée au fond de la boîte. Il lut à haute voix :

– « Couteau d'Officier ». Longueur manche 91 mm, 19 pièces dont ciseaux-crochet, dégorgeoir-loupe, tire-bouchon, scie à métaux-scie à bois, petit tournevis, ciseaux à bois, tournevis cruciforme, pince plate, mini-tournevis, etc. (Il hocha la tête :) Elle ne s'est pas moquée de toi, tu pourras faire de la belle ouvrage avec un outil pareil, et d'une grande marque gravée dessus qui plus est !

Mais Antoine eut soudain un sourire ému.

– Je crois que c'est celui de Maurice... Mon Dieu, quel cadeau !

Julia réagit alors d'étrange façon :

– Il est bien l'heure de passer à table ! lança-t-elle à brûle-pourpoint, comme si le seul prénom de Maurice l'avait déclenchée.

La douceur de fin du jour enveloppait la nature en répit, et déjà, on parlait du lendemain.

– Il me tarde de manier la charrue, oncle Louis, et surtout de manœuvrer le brabant double tiré par des bœufs, je ne le ferai sûrement jamais plus. Quand vous aurez le tracteur, vous labourerez tout seul, sans bêtes ni personne pour les appeler !

– Tu as besoin d'un tracteur, Louis ? demanda Julia en fixant son mari.

Celui-ci fit attendre sa réponse.

– Si ça doit supprimer la charge d'un domestique, il serait bon d'y réfléchir, Julia.

– Ça ne coûte rien de réfléchir, ce qui fatigue les méninges, c'est de tellement compter et recompter...

Un petit sourire complice glissa entre les deux hommes.

– J'ai préparé ton compte, ajouta-t-elle. Tu me diras si tu es d'accord, j'ai arrondi, tu es notre neveu. Tout est dans le portefeuille de ta mère avec ce qu'il y avait dedans, je n'ai rien prélevé.

– J'ai totalement confiance en vous, ma chère tante. Qu'aurais-je fait si vous n'aviez pas été là ?

– C'est bien tombé que tu sois revenu cet été. (Elle eut un petit rire :) Je t'aurais préféré sans barbe mais que veux-tu…

– Tu vois, Antoine, fit Louis en roulant de gros yeux, les femmes sont ainsi, il faut toujours qu'elles en rajoutent, toujours et encore ! Quant à moi, je veux te dire un grand merci, et sache que nous sommes heureux que tu sois en vie et en bonne santé. Dommage que tu t'en retournes…

– Comme je t'encombre pour Jean-Jacques, intervint Julia, tu prendras une valise de plus, tu n'auras qu'à la lui laisser si elle t'embarrasse, elle lui servira toujours.

Après dispersion des brumes matinales, le champ offrit aux hommes son chaume encore debout et résistant. La terre attendait que l'on s'occupât d'elle, comme une femme qui vient de mettre au monde son enfant. Il faut des soins après avoir engendré la vie.

Depuis des jours, la fumure naturelle s'éparpillait sur la parcelle à bout de fourches, il était temps de l'enterrer par les labours.

Le soc de la charrue entama le sol, et le premier sillon s'allongea jusqu'au bout du champ. Louis maintenait les mancherons du brabant pour ce premier passage. Puis l'attelage tourna et l'un des bœufs marchait maintenant dans le sillon qui le guidait. Le corps du brabant pivota sur son axe central et le versoir, le soc et le coutre qui se trouvaient en l'air pénétrèrent à leur tour dans le sol. Antoine passa à la manœuvre en maintenant fermement les poignées du brabant. La terre fraîche se retourna, réveillée dans son sommeil et offerte tout à coup aux rayons du soleil. Parfois la terre brillait lissée par le soc d'acier. Les bœufs avançaient d'un pas régulier, et l'on entendait le gémissement de leurs liens de cuir sur le joug. Toute la basse-cour suivait l'équipage, se gavant des vers de terre extirpés de leur antre. On encourageait les bêtes dont le souffle puissant se transformait parfois en petits nuages, avant que la chaleur ambiante ne les dissipe.

Antoine, excité, retrouvait les gestes oubliés, les odeurs fortes de la terre mise au jour. Un peu plus loin, un tracteur se faisait remarquer mais ici, on voulait encore l'ignorer. Les sillons se dessinaient puis mouraient les uns contre les autres à chaque passage de l'engin.

Au fil des heures, la terre labourée, retournée, commençait à sécher au soleil.

Puis arriva enfin la pause du repas.

Les deux hommes avaient peu parlé, le travail avait exigé toute leur énergie et leur attention.

– Alors, Antoine, qu'en penses-tu ? demanda Louis en s'asseyant sur une souche.

– J'ai apprécié, oncle Louis. Demain soir nous aurons terminé le champ. J'aurais aimé passer la herse et pouvoir semer. Hélas, je n'aurai plus la possibilité d'ensemencer ma terre natale, et ça me pince le cœur.

– Moi aussi j'aurais voulu te voir semer, tu me plais, mon cher neveu, oui, tu me plais bien. Entre nous, tu travailles dans une ferme, n'est-ce pas, en Alsace ?

Antoine hésita, puis opina du chef.

– Je l'avais deviné ! Allons, viens. Julia doit nous attendre et commencer à s'impatienter !

Julia s'empressa de servir, et s'assit près d'Antoine.

– Tu es sûr qu'il ne te manque rien ? Je ne voudrais pas qu'il soit dit que... enfin, tu me comprends. Tu trouveras une paire de chaussures neuves devant la porte de ta chambre, tu ne peux pas voyager avec les tiennes... et ne me dis rien surtout, ça ne me plairait pas.

Antoine répondit par un sourire plein d'affection.

– Sans vous... D'accord, tante Julia, je ne vous remercie pas. Et même, je tiens à ne pas vous remercier. Du fond du cœur.

Elle rit avec bonheur, et Louis posa la main sur le bras d'Antoine.

– Demain soir, les labours seront achevés. Alors, si tu veux sortir en fin de journée...

– Pour ce dernier soir, je préfère dîner avec vous. Tante Julia, pourriez-vous me préparer du pain perdu, comme l'avait fait ma mère le soir de mon départ ?

Les yeux de Julia s'embuèrent. Elle acquiesça du menton, et Antoine reçut de plein fouet cette expression qu'il avait tellement vue chez sa mère. Julia lui ressemblait tellement, en cet instant...

Pendant les heures de sieste, Antoine voulut une dernière fois rendre hommage à sa mère, dans le petit cimetière.

En chemin, il aperçut la maison de la petite couturière. Plantée devant sa porte, coiffée du même chignon où se mêlaient désormais des mèches grises, elle semblait guetter son approche. Le jeune homme s'apprêtait à la saluer, quand elle le fusilla du regard, un regard qu'il ne lui connaissait pas et qu'il n'aurait jamais imaginé de sa part. Deux secondes plus tard, elle haussait les épaules, tournait les talons et disparaissait dans sa maison.

Cette attitude blessa profondément Antoine.

Les dernières fleurs du jardin de Julia à la main, il se dirigea vers la tombe de ses parents, d'un bon pas, sans trop regarder ailleurs. Ici tout n'était que calme et recueillement, dans ce lieu de marbre, de croix, de dalles de pierre… Là, aux pieds des visiteurs, ceux qui avaient été aimés se taisaient à jamais.

La même couronne de perles de verre, à la même place, et dans la poitrine d'Antoine, la même douleur sourde, qu'aucun au revoir ne pourrait apaiser. Il déposa son modeste bouquet.

– Voilà les dernières fleurs que je vous apporte, à toi, maman, ainsi qu'à toi, papa. J'étais revenu pour te revoir, maman, mais aussi pour que tu bénisses l'événement le plus important de ma vie.

Antoine sortit une photo de la poche de sa veste et la déposa sur le carré de terre silencieux à jamais.

– Maman, je te présente Johanna Bayerl, la femme que j'aime, et avec qui je vais faire ma vie. J'aurais tant voulu te parler d'elle, de sa famille, de ce qu'ils ont fait pour moi. Elle m'a demandé aussi de te saluer pour elle. Et toi, papa, toi qui m'as tellement manqué. Voilà, je dois vous quitter, Louis m'attend pour terminer les labours, et dimanche je prends le premier train. Mais quoi qu'il arrive, et même si je ne revenais pas ici de longtemps, jamais je ne vous oublierai, jamais !

Il se tut, imposa également le silence à ses pensées, à ses pleurs, durant de longues minutes. Les plus décisives de sa vie.

Lorsqu'il poussa le lourd portail métallique, sa conscience lui chuchota que c'était peut-être la dernière fois.

Antoine avait beau accélérer le pas, il lui semblait que tous les regards des Saint-Santinois le suivaient. Soudain, il stoppa net et bifurqua précipitamment vers la maison du carrier. Les Delchère, surpris, le saluèrent.

– Je viens vous dire au revoir, je pars dimanche matin par le train de 8 heures.

Jean soupira, résigné.

– Si c'est ton chemin, Antoine, tu dois le prendre. Chacun a le sien. Nous avons été très heureux de te revoir, oui, très heureux.

Son épouse renifla dans son mouchoir. Puis ils l'embrassèrent comme ils ne pouvaient plus embrasser leur fils.

Mme Delchère l'accompagna sur quelques pas, tandis que Jean se rasseyait sur son bloc de pierre et regardait le sol.

Le temps pressait. À Fonterouge, Louis avait déjà lié les bœufs au joug. Mais à peine Antoine se rafraîchissait-il d'un verre d'eau qu'un visiteur se présentait. Antoine ne le reconnut pas tout de suite.

– Eh bien, Antoine Coupière, tu ne me reconnais pas ?

– Monsieur Moissaque ! s'exclama-t-il enfin en lui tendant la main. Vous n'avez pas changé.

– Par contre toi, avec cette barbe, il a bien fallu qu'on me dise que tu étais le fils Coupière… Je ne te dérangerai pas longtemps, mais on dit que tu pars dimanche, je voulais simplement te voir. Tu dois le savoir, notre Daniel n'est jamais revenu, disparu on ne sait où, quelque part dans le Nord de l'Allemagne. C'est affreux à vivre, tu sais. Et pour sa mère c'est l'enfer ! On ne se remet jamais de ces choses-là. Ma femme ne s'occupe plus de rien désormais, elle qui était si vive, qui n'aurait pu se passer de fleurs autour de sa maison… Tu as vu ce que c'est devenu ?

Antoine baissa le nez.

– Pardon, Antoine. J'étais seulement passé… Comment as-tu trouvé le village après tant de temps ?

– J'étais revenu voir ma mère… Le reste…

– Alors tu as décidé de t'en retourner ?

– Oui, je pars dimanche matin.

– Ça peut se comprendre. Depuis ton arrivée, on ne s'est pas rencontrés et je n'ai pas cherché à te voir. Une sorte de jalousie s'était emparée de nous, ma femme et moi. Nous avons été ridicules, j'ai voulu te le dire, et te voir même un court instant avant que tu t'en ailles je ne sais où. Je me souviens de toi et de Daniel quand vous aviez 18 ans.

Antoine acquiesça d'un mouvement de tête.

– J'ai été content de te saluer, je te souhaite bonne chance, petit.

– Merci, monsieur Moissaque.

Une chaleureuse poignée de main s'ensuivit. Et l'homme s'en alla, laissant Antoine pantois. Daniel et lui n'avaient jamais été de vrais amis, de bons camarades tout au plus. Antoine avait admis qu'on pût être jaloux d'un soldat qui revient… à peu près entier.

Il se hâta de rejoindre Louis et lui raconta cette visite inattendue.

– Quand les Moissaque ont perdu leur fils, ils ont perdu en même temps le goût de vivre. Lui n'aurait jamais manqué un concours de jeu de quilles le dimanche après-midi, ni le repas des chasseurs en décembre. Aujourd'hui, ils ne sortent plus, comme les Delchère. On espère qu'avec le temps…

– J'aurai peut-être dû lui rendre visite, je m'en veux…

– Tu n'as qu'une chose à penser : ton avenir ! En attendant, empoigne le brabant.

Lentement, sillon après sillon, la terre changeait de nuance sous le travail de la charrue, crissant sous la perforation lancinante du soc. On porta à boire aux bêtes, aux hommes. Le soleil déclinant annonçait l'heure de quitter l'ouvrage. La traite attendait aussi.

Lorsque le repas du soir fut terminé, Louis ne put s'empêcher de dire :

– Nous en avons mis un sacré coup, demain dans l'après-midi, tout sera terminé !

Julia regardait affectueusement Antoine qui déjà pensait à autre chose, le regard perdu.

Une question, trop longtemps retenue, tracassait Vieillessente. Il attendit le moment opportun, puis :

– Dis voir, Antoine. Ça ne me regarde pas, sans doute, mais comme tu m'as dit que tu travaillais dans une ferme en Alsace, j'aimerais que tu me racontes un peu…

– Je travaille dans une propriété, comme ici, enfin presque. À la différence qu'elle est moderne, très bien équipée en matériel agricole. C'est tout simple.

Louis manifesta alors son contentement.

– Je l'aurais juré ! Tu as un regard qui connaît les terres et ça, vois-tu, ça me fait plaisir ! Je saurai désormais que tu as un bon travail !

Louis, satisfait, se grattait pensivement le menton. Il ne put s'empêcher d'ajouter :

– Tu me dis que c'est moderne en matériel, mais jusqu'où ça peut aller le moderne dans les campagnes ? Si c'est une question de tracteur, les voisins en ont un qui leur rend bien des services, mais enfin...

– Aujourd'hui, un paysan ne descend plus de son tracteur parce qu'il est équipé de tous les accessoires imaginables. Et puis, il y a les moissonneuses-batteuses qui crachent le grain dans les bennes des camions qui les accompagnent, et tout à l'avenant...

– Alors, tu ne travailles plus comme nous, et pourtant tu n'as pas été maladroit depuis plus d'un mois à Fonterouge. Tu ne nous as rien dit de ton travail pour ne pas nous blesser, c'est ça ? Et dire que je n'y ai vu que du feu...

Antoine éclata de rire.

– J'ai été heureux de vous rendre service, oncle Louis ! Et si ma mère me voit...

Louis baissa la tête en songeant : « Antoine est un sacré bonhomme ! » Il savait, pour avoir entendu certains prisonniers en parler, qu'en Allemagne l'agriculture avait des décennies d'avance, et comme l'Alsace avait été allemande pendant longtemps...

Julia revint vers eux, un objet dans les mains.

– Tiens, Antoine. C'est le portefeuille de ta mère, avec tout ce qu'il contenait, et aussi l'argent que tu as bien gagné. Tout y est, tu peux vérifier. Mais s'il manquait quoi que ce soit, tu pourrais toujours nous écrire. On n'a pas de raison de changer d'adresse, nous…

Antoine ne releva que l'excès de tendresse. Il sourit.

– As-tu préparé tes affaires ? ajouta-t-elle.

Louis n'y tint plus :

– Julia ! Il n'a plus dix ans, tu sais !

Antoine traînait avec Bougre autour de la maison, de la grange et des hangars. Sa pensée vagabondait allégrement.

Samedi. Dernier jour à Fonterouge. Travail habituel à l'étable puis au champ.

Antoine ne parlait pas, Louis pas davantage. Ils faisaient corps avec la terre.

L'angélus de midi sonna sans qu'ils l'entendent rivés qu'ils étaient au labour. Au bout d'un temps, Louis leva le nez :

– Et si on terminait avant de rentrer manger, hein ? On n'en parlerait plus. Julia ne sera pas très contente, mais on lui expliquera…

Antoine acquiesça. Les derniers sillons s'ouvraient et se refermaient tour à tour. L'attelage s'approchait du bord du champ, à en toucher les fougères du bosquet attenant. Antoine savait qu'il ne reviendrait jamais travailler cette terre, aussi semblait-il faire durer. Les bêtes obéissaient, le soleil frappait chaque carré de peau nue, les taons également.

Une silhouette se dessina au bout du dernier sillon, et se rapprocha doucement.

– J'ai bien pensé que vous voudriez terminer, je suis venue vous attendre et vous apporter une boisson convenable, dit Julia.

Les labours frais coloraient maintenant toute la parcelle d'un brun particulier, brillant par endroits.

– Comme c'est magnifique un champ labouré ! s'exclama Antoine.

La fin du jour se consuma en une flamme pressée de s'éteindre.

Assis à la table, tous trois se taisaient, mais ils pensaient sans relâche. Dans un plat de faïence, les tranches de pain dorées, préparées par Julia, embaumaient la pièce de cette odeur capiteuse et sucrée qui ramène les papilles à l'enfance.

Antoine, dans un geste spontané, joignit les mains.

– Tante Julia, merci, ce sont les mêmes que préparait ma mère, tout aussi dorées.

– Qu'attends-tu pour te servir, mon pauvre Antoine ? Ce n'est pas si extraordinaire, c'est du pain perdu, voilà tout !

– Je les prends avec les doigts, c'est tellement meilleur…

Les Vieillessente l'observaient du coin de l'œil, ravis de ce petit bonheur offert une dernière fois à celui qu'ils avaient appris à aimer.

Les doigts et les lèvres saupoudrés de sucre, Antoine

se trouvait pris au piège de sa gourmandise, tant et si bien qu'il déclencha un fou rire contagieux.

– Je n'oublierai jamais ce repas, il suffira à me rendre heureux longtemps.

Et Antoine n'oublia pas Bougre qui attendait sa part en soupirant bien fort, le museau entre les pattes.

– C'est ma mère qui nous avait appris, à ta mère et moi, cette manière de faire, dit Julia avec une certaine ride au coin des yeux.

À la fin du repas, Louis se leva et alla dénicher dans un placard une bouteille sans la moindre étiquette.

– Prenons « la goutte », ce n'est pas si souvent…

Le liquide ambré glouglouta directement dans les tasses encore chaudes du café. Antoine but une gorgée, et soudain il couina, les yeux hors de la tête.

– Nom de Dieu ! Elle fait combien de degrés ?

– Je n'en sais rien, c'est de l'eau-de-vie. Mais on tue les lapins avec et ils ne souffrent pas longtemps…

Julia éclata de rire, et se leva pour desservir.

Remis de ses émotions, Antoine demanda, à voix basse :

– J'aimerais emporter quelque chose d'ici, si vous le permettiez, oncle Louis ?

– Que veux-tu ? Une bouteille de gnôle peut-être ?

Près de la cheminée, à l'écart, Julia tendait l'oreille.

– Non. Ça va vous sembler étrange, mais je voudrais emporter quelques poignées de blé, de votre blé, si vous le voulez bien…

À la fois surpris et ému, Louis le regarda avec une tendresse nouvelle… Antoine lui avait demandé une poignée de son blé ! Jamais personne auparavant…

Il essuya maladroitement ses yeux rougis.

– Ah, tu es bien un paysan ! Tu peux prendre tout ce que tu voudras, ce n'est pas quelques grains qui vont nous manquer. Et puis, ça me fait plaisir que tu m'aies demandé de mon blé…

– Moi aussi, ça me plaît bien, ajouta Julia.

13

La puissante locomotive respirait à pleins poumons dans son immensité de ferraille noire, prête à s'arracher de cette jolie petite gare de Saint-Santin-les-Roses. Ce n'était pas un départ ordinaire, mais celui d'un enfant du pays, déraciné par le temps et les événements du monde. Il ne s'enfuyait pas, il s'éloignait pour longtemps. Près d'un mois et demi plus tôt, son regard avait cherché à retrouver les images du passé, aujourd'hui, il avait plutôt envie de fermer les yeux et d'imaginer le futur, avec d'autres visages, d'autres paysages, une autre vie... Pourtant, au-delà de la vitre, sur le quai, on lui faisait un signe, un au revoir. Jusqu'au maire qui, par sa présence, manifestait ses regrets de perdre un Saint-Santinois.

Antoine répondit d'un sourire, d'un geste.

Sa mauvaise humeur éteinte, Cadreto cherchait lui aussi son regard à travers la buée des carreaux, pour lui dire une dernière fois son repentir de l'avoir accueilli si médiocrement. Pierre, un peu à l'écart, marquait par sa silhouette sa puissante et amicale présence. Ils étaient donc trois. La quatrième personne ne se montrait pas, triste autant que maladroite. Valentine se tenait à cinquante mètres de là, attendant simplement que le train parte, et espérant qu'Antoine saurait qu'elle était venue... Cadreto, avant que le train ne démarre, jeta un dernier regard vers le compartiment où avait pris place Antoine, et quitta les lieux en se dandinant, comme à son habitude.

Un coup de sifflet strident déchira l'air tandis que la vapeur dissimulait une grande partie de la loco.

Le maire s'éloigna à son tour.

Antoine leva les yeux et vit Pierre lui adresser un au revoir, un grand geste de la main. Il le lui rendit généreusement. C'était un arrachement. Qui s'estomperait, certes, mais sur l'instant, la douleur ne le ménageait pas. Il ne vit pas Valentine qui pourtant s'était rapprochée de la voie ferrée... De tous ceux venus lui dire au revoir, un seul connaissait son projet.

Le train l'emportait vers Paris, première destination dont il ne partirait que le lendemain matin très tôt. Il avait promis de rendre visite à son cousin Jean-Jacques Vieillessente, à qui il apportait une quantité de victuailles et tant de souvenirs à partager.

Il s'installa du mieux qu'il put sur les sièges durs. La Société Nationale des Chemins de Fer fournissait ce qu'elle avait de mieux pour ces trains dits de grandes lignes.

Machinalement, il consulta sa montre, ouvrit le clapet secret. Un doux visage lui souriait et, lentement, très lentement, il referma le volet, rassuré. Les aiguilles indiquaient 8 heures et cinq minutes. Soudain, aussi subrepticement qu'arrive un courant d'air, apparut dans sa mémoire le cadran d'une autre pendule, celle des Vieillessente. Il se souvenait qu'étant enfant il avait consacré des heures à observer ce balancier au mouvement perpétuel, les yeux rivés sur l'ouverture vitrée et ronde d'où il pouvait suivre les deux cordons discrets qui maintenaient les poids et actionnaient le mécanisme. « Comment ça marche, pourquoi ça sonne, pourquoi ça ne s'arrête jamais, tante Julia ? – Parce qu'à l'intérieur, il y a un petit bonhomme qui remonte les poids au fur et à mesure qu'ils descendent. C'est lui aussi qui actionne le marteau sur le timbre, mais on ne le voit jamais… Il ne faut pas le déranger… » Alors le petit Antoine se contentait d'observer, de scruter l'intérieur de la mystérieuse caisse, et parfois suivait les éclairs cuivrés que lançait le balancier à chacun de ses passages. Quand, lassé de compter comme on le fait pour les moutons, il s'en allait enfin, il savait que le mystère demeurait entier. Tante Julia avait l'art d'ajouter de l'étrangeté, comme c'était bon…

Julia, qui avait alourdi la valise d'Antoine de provisions pour Jean-Jacques. Les mères ont toutes les mêmes réflexes. Lui, pourtant, rentrait bredouille de l'affection de la sienne.

Quant à cette autre mère, Mme Chavaroche, elle lui avait offert un présent inestimable, le couteau suisse de son fils. Un magnifique objet que Maurice avait reçu pour un anniversaire… Antoine se souvenait du jour où Maurice s'en servait pour épater les copains. Pourquoi Mme Chavaroche lui avait-elle fait ce cadeau ?

Il laissa aller son regard vers les paysages, les masses vertes des forêts, de mille formes, les prairies virant au jaune, les champs tondus, parfois labourés comme à Fonterouge. Petits villages avec un clocher fiché en leur cœur, et des troupeaux marquant les terres d'élevage. Plus haut, le ciel sans nuage coiffait ce monde qui lui échappait.

Le balancement du train, « le tac-tac, tac-tac » des roues d'acier sur les espaces des rails, les arrêts dans les diverses gares et les démarrages semblèrent étrangers à Antoine. « Bougre doit me chercher à l'heure qu'il est, je suis certain qu'il ira jusqu'à Esquiral... » Le train n'arriverait à son terminus qu'en tout début d'après-midi.

Arrivé à Paris, encombré de ses deux valises, il mit un temps infini à trouver la bonne sortie de la gare. Il avait deux adresses pour rencontrer son cousin, l'une à son lieu de travail, près de la gare d'Austerlitz, la seconde dans le 20e arrondissement. Il jugea bon de choisir la plus proche.

Après bien des pas, il dénicha enfin le café tant espéré. À Paris, il y a toujours du monde dans ces endroits, aussi choisit-il une place discrète dans la salle d'où il apercevrait son cousin. Lorsqu'un serveur s'approcha de lui, il lui demanda s'il connaissait Jean-Jacques Vieillessente. « Vous parlez de Dji-Dji l'Auvergnat ? Je vous l'envoie dans un instant. »

– C'est toi, Antoine ? entendit-il derrière lui.

– Salut, Jean-Jacques ! Comment vas-tu ?

– Si ma mère ne m'avait pas prévenu, je ne t'aurais jamais reconnu, mon cousin. Il y a bien du temps maintenant, ajouta-t-il en lui tendant la main.

– En effet. Je te transmets les bonnes nouvelles de tes parents, ils vont bien et espèrent te revoir bientôt, tu leur manques. Tiens, cette valise est pour toi, des cochonnailles que tu aimes, paraît-il.

– Ils croient que je meurs de faim ici, mais tu vois, tout va pour le mieux. Je me suis habitué à Paris et je ne retournerai pas à Fonterouge. Depuis mon retour de la guerre, j'ai découvert une autre vie. Et toi ? Tu me raconteras… En attendant, tu vas prendre quelque chose ?

– Une bière, bien fraîche, s'il te plaît !

Jean-Jacques servit son cousin. Il était donc Dji-Dji l'Auvergnat ? Antoine souriait sans trop comprendre le sens de ce surnom pour le moins ridicule. Et mal adapté à ce garçon plutôt grand, aux cheveux gominés, aux yeux marron dans un visage bien dessiné, un garçon de café très stylé, en pantalon noir, gilet et chemise blanche.

– Viens dormir chez moi ce soir. Je vais m'arranger pour sortir plus tôt, vers les vingt et une heures, on ira dîner et on bavardera. Tu peux laisser tes valises ici, ça ne craint rien.

– En attendant, tu peux m'expliquer comment me rendre à la tour Eiffel par le métro, je veux la voir ?

– Je vais te donner un plan de Paris, tu verras, c'est très simple.

Et de lui indiquer le parcours avec précision.

– Prends tout ton temps, Antoine, rejoins-moi ici et demain je prendrai ma journée, on la passera ensemble.

– C'est que… demain, je repars très tôt pour Strasbourg, on m'attend et ça fait un mois et demi que je suis parti.

– Une bonne amie ? Une fille ?

Antoine aurait préféré un autre terme mais il décida de ne pas être choqué.

– Tu as deviné, Jean-Jacques. Tu sais comment elles sont…

– À Paris, les filles ne manquent pas, tu les as à la pelle…

Antoine laissa ses bagages et, sur les indications de Dji-Dji, trouva la station de métro. Il ne se pressait pas, se laissait entraîner par la foule, curieux et ravi de ce dépaysement.

La tour Eiffel se dressait, majestueuse, et haute, si haute qu'il se penchait en arrière pour l'admirer. Quelle affaire ! Puis il entreprit de trouver ce qu'il était venu chercher. Une miniature de la tour, en métal doré, pour offrir aux parents de Johanna qui en avaient tant parlé sans avoir eu la possibilité de la visiter.

En observant le plan de la capitale, il s'aperçut que l'Arc de Triomphe se situait à distance raisonnable de marche. Il découvrit la Seine et, par le pont d'Iéna, suivit l'avenue du même nom.

Antoine découvrait, admirait. Il s'installa à la terrasse d'un café, consomma une bière, le temps d'une pause, puis reprit sa marche vers l'avenue des Champs-Élysées. Au bout d'un moment, il se décida à entrer dans une luxueuse boutique d'articles féminins.

On le regardait bizarrement. Barbu, chevelu, il n'inspirait guère confiance. Une hôtesse, somptueusement habillée, s'avança vers lui :

– Puis-je vous être utile, monsieur ?

– Oui, je voudrais un foulard en soie, pour offrir en souvenir de Paris, s'il vous plaît.

La vendeuse sourit, elle n'avait pas affaire à un mauvais garçon.

Il fit son choix en pensant à la couleur des yeux de Johanna.

– C'est un très bel article, monsieur, et signé, voyez-vous ? Je vous félicite.

Il osa demander un sac pour y joindre l'autre cadeau, paya, laissa un pourboire pour le sac, et se trouva gratifié d'un splendide sourire.

Quant à la soirée prévue avec son cousin, elle fut décevante pour Antoine. Non qu'il se soit attendu à de l'extraordinaire, mais il avait espéré un peu de chaleur et d'amitié. Même les victuailles du pays n'avaient pas retenu l'attention de Dji-Dji... Avait-il renié ses origines ?

Ils s'étaient retrouvés dans un restaurant où le personnel semblait le connaître. Dji-Dji par-ci, Dji-Dji par-là, beaucoup d'embrassades, et peu d'attention pour le cousin, trop barbu sans doute, trop cul-terreux aussi. Jean-Jacques parlait surtout de lui-même, de ses conquêtes – il devait y avoir aussi des garçons – de ses gains au jeu. Sa terre natale semblait gommée de sa mémoire. Le repas s'était terminé avec des amis qui l'avaient rejoint, brisant ainsi l'intimité de ces retrouvailles. Quant au menu, Antoine n'avait pas apprécié le nombre « d'échantillons » qu'on lui avait servis. Le tout à l'image de ce cousin devenu parisien jusque dans son regard. Lorsqu'ils décidèrent tous de terminer la soirée dans un casino, Antoine refusa poliment, prétextant son départ matinal du lendemain.

Toute l'équipe l'accompagna chez Jean-Jacques où celui-ci proposa son lit ; de son côté, il s'arrangerait avec ses copains. L'habitude, sans doute. Quant aux provisions de Julia, il lui fit comprendre qu'il pouvait les emporter s'il le souhaitait. Antoine se retrouva seul. Avant de s'endormir, il se regarda dans une glace, un très grand miroir. « Je n'ai pas la gueule de l'emploi, effectivement ! » et il sourit pour la première fois de la journée. « Ça commence à faire désordre, en effet… »

Il quitta de très bonne heure le modeste logement où il s'était senti si mal. Sur un morceau de papier, il laissa à son cousin ces quelques mots griffonnés au crayon : « Merci pour l'hébergement, je dois partir. Bonne chance à toi, cousin ! »

N'emportant que sa valise et les paquets achetés la veille, il pensa à Julia Vieillessente, qui avait pris tant de soins à préparer ce qu'il aimait tant autrefois… Tante Julia et oncle Louis… Comment auraient-ils pu imaginer…

Il rejoignit la gare de l'Est et prit un billet pour Forbach.

Le grand voyage commençait, le plus important de sa vie.

Antoine n'observait pas le paysage, il regardait à l'intérieur de lui-même. Consultait son émotion, son désir. Et cette hâte de retrouver ses yeux, ses lèvres…

Lundi 1er septembre 1947. Le jour convenu de son retour. Le silence de Johanna lui pesait, mais ils s'étaient promis de ne pas correspondre jusqu'à cette date. À l'arrivée à Forbach, il tenterait un appel téléphonique. Soudain un nom lui revint à l'esprit : Dji-Dji ! Il ne put s'empêcher de rire.

Au fur et à mesure qu'il approchait de la gare, il révisait le peu d'allemand qu'il maîtrisait tant bien que mal. Au sein de la famille Bayerl, on l'avait félicité de ses efforts auxquels il était contraint. Pour lui, élève à peine moyen à l'école, cet apprentissage de la langue de Goethe avait été un supplice. Johanna, avec ses modestes connaissances de français, l'avait aidé de son mieux, entre deux fous rires.

Crissant, soufflant, hoquetant, le train s'arrêta enfin dans la gare de Forbach. Changement de train, achat du billet pour Regensburg. Juste le temps de déguster une choucroute, et il téléphonait à Johanna : « J'arriverai à Regensburg à 19 heures... – Je serai à la gare, je t'attends impatiemment, Anton ! »

Le combiné raccroché, Antoine respira profondément. Le trop long silence avait été rompu, enfin ! Elle lui avait répondu en français, sauf pour le prénom. Elle n'avait jamais dit « Antoine », mais ça ne lui déplaisait pas. Que ne lui aurait-il pas pardonné ?

Un autre train l'emporterait vers le sud-est de l'Allemagne, dans le land de Bavière, mais pour l'heure il roulait vers Francfort où il changerait à nouveau. Les paysages défilaient. Dans les grandes villes, Francfort, Würzburg, Nuremberg, le désastre des bombardements subsistait, surtout à Francfort. La reconstruction avançait au rythme des moyens.

Les ruines, les destructions défilaient sous ses yeux, la partie nord du pays, la plus industrielle, avait été écrasée sous les bombes.

Antoine se concentrait sur le récit du père Boussal qui avait tenté de lui expliquer l'absurdité et la cruauté de cette guerre à laquelle il avait miraculeusement échappé. Il comprenait l'attitude des Moissaque, leur jalousie de le revoir vivant. Le sort lui avait offert une deuxième chance. L'espoir d'une nouvelle vie, et elle approchait, elle prendrait son envol dans quelques heures… Il s'endormit sur cette promesse, le cœur plein de reconnaissance pour cette terre étrangère qu'on lui avait ordonné de haïr et qu'il s'était pris à aimer profondément. Il ignorait encore l'origine celte de ses habitants, la même que ceux de son Auvergne natale.

Lorsqu'il s'éveilla, le train approchait de Regensburg, une ville peu touchée, en dehors du bombardement, en 1943, de l'usine d'armement Messerschmitt.

Le Danube passait, lui aussi, calme et majestueux, miroitant les constructions des hommes, transportant dans ses eaux millénaires les images des beautés et des folies du monde. Antoine se demanda un instant si, comme son ruisseau de Saint-Santin-les-Roses, le fleuve ne traînait pas les pieds dans le fond de son lit…

Une nouvelle fois le train crissa, hoqueta, souffla, mais celle-là était la bonne.

Antoine se hâta de descendre les valises.

C'est alors qu'il l'aperçut. Elle fut dans ses bras avant même de parler, sans le laisser respirer. Johanna…

En cette douce soirée de fin août, Antoine et Johanna s'installèrent dans le jardin d'une brasserie. Ils commandèrent un « Schweinshaxe avec des knödels », un jambonneau avec les fameuses quenelles, et pour Johanna une escalope parée avec des pommes de terre « Schnitzel und Bratkartoffeln », le tout accompagné d'un demi-litre de bière pour chacun. Le pays reprenait ses droits.

Ils avaient tant à se dire et à se raconter. Tant à se regarder. L'attente de Johanna avait été tourmentée : et si Antoine oubliait de revenir, si les siens le retenaient, sa mère en particulier ? Et puis on avait dû lui raconter la guerre, les horreurs commises par les Allemands, ces « salauds de nazis ». Johanna en tremblait.

– Tu as tout de même besoin de voir un coiffeur, lui dit-elle en riant.

– Mon allure m'a causé bien des remarques, mais sans elle, mon oncle m'aurait reconnu et…

Antoine devint intarissable, et Johanna l'écouta, des heures durant. Avant les premières lueurs de l'aube, épuisée, elle s'était endormie contre son épaule, et il l'avait entourée de son bras, amoureusement. Endormis tous deux, ils n'avaient pas quitté le jardin de la brasserie et le patron, devinant la situation, avait demandé qu'on les laissât tranquilles.

L'air matinal et frais de Regensburg les réveilla enfin, surpris d'être toujours là, à quelques pas du Danube.

Un petit déjeuner bavarois s'imposait : saucisses blanches « weisswurst », des bretzels accompagnés de moutarde sucrée. Antoine avait oublié les p'tit dej' bavarois. Où était le café de tante Julia ?

– Il ne nous reste plus qu'à rentrer, dit-elle en s'étirant. Mes parents vont se demander…

Le village se situait à mi-distance entre Regensburg et Munich.

Le père Bayerl accueillit le « Franzose » avec satisfaction. Il avait craint qu'il ne revienne pas. Avec son épouse Nathalia, ils en avaient parlé longuement. Ce retour chez lui, auprès de sa mère, dans son village natal, aurait pu tout déclencher. Il y avait lieu de le redouter.

Mais ce matin, Antoine était là.

Cet homme n'avait jamais porté un regard de défiance sur Antoine, mais n'avait pas davantage dévoilé ses opinions politiques.

Mme Bayerl souriait, elle savait sa fille heureuse…

Avant le repas de midi, Antoine offrit aux parents la jolie tour Eiffel dorée. Et à Johanna, le magnifique foulard de Paris, qui entoura aussitôt ses épaules.

Puis, à la surprise générale, le jeune homme demanda la parole.

– Monsieur Bayerl, j'aime votre fille Johanna, et j'ai l'honneur de vous demander sa main, tout en vous rappelant que je n'ai que deux bras pour fortune.

M. Bayerl, ému, répondit en mauvais français :

– Si Johanna le souhaite, je consens, cher Anton, je crois même savoir qu'elle vous aime aussi !

Les deux hommes se congratulèrent chaleureusement, Johanna prit sa mère en pleurs dans ses bras, et ainsi fut faite, au cœur de la Bavière, la demande en mariage d'Antoine Coupière de Saint-Santin-les-Roses en Auvergne.

À la fin du repas, il montra le portrait de sa mère à Johanna et à ses parents. Dans un silence recueilli.

L'heure de se mettre au travail, inexorablement, montra son nez.

Le soir, Antoine montra les grains de blé à Johanna. Elle l'attira vers le grenier où s'étalait la semence pour la saison prochaine. Elle prit les grains de blé et les jeta à la volée sur l'ensemble de la réserve, fière de son geste.

Interloqué, pris au dépourvu, Antoine ne trouvait pas ses mots.

– Que voulais-tu en faire ? Personne n'en saura rien, mais nous aurons ainsi semé l'harmonie entre nos deux peuples ! Le grain de la Paix !

– Tu ne serais pas un peu folle ?

– Si, Anton, mais folle de toi. Et maintenant que mon père m'a promise à toi, tu ne peux plus rien, sauf m'aimer toujours !

14

Neuf années ont passé.

Le mardi 28 août 1956, en début d'après-midi, une voiture emprunta la route conduisant à la petite place de l'église. Elle avançait lentement, et l'on aurait pu voir quatre passagers à son bord, Mme et M. Antoine Coupière, et deux jeunes enfants à l'arrière. Une Volkswagen à immatriculation étrangère, modèle Coccinelle d'un vert assez tristounet, avec ouverture sur le toit dont la toile avait été tirée. À Saint-Santin-les-Roses, les voitures de ce genre ne se perdaient guère. Mais en ce début d'après-midi, les Saint-Santinois ne mettaient pas le nez dehors. C'était l'heure sacrée de la sieste.

Après avoir fait le tour de la place, la voiture prit le chemin du cimetière.

Arrivés près du portail, toujours le même, Antoine Coupière et Johanna descendirent de l'auto, suivis des deux jeunes enfants. Tous quatre portaient en main un bouquet de fleurs fraîches. Antoine les guidait entre les tombes, dans l'étroit couloir gazonné. Son boitillement avait totalement disparu. Il s'arrêta soudain.

– C'est ici que mes parents reposent…

Ils déposèrent les fleurs et se recueillirent longuement. Antoine entourait de son bras l'épaule de son fils Armand, et Johanna serrait contre elle sa fille Margrit.

Antoine, d'une voix cassée par l'émotion, fit les présentations :

– Maman, papa, voilà la famille Coupière : Johanna ma femme, et mes deux enfants, Armand et Margrit. Nous portons votre nom avec honneur !

Le couple se donna la main, réuni pour la première fois en terre française.

Antoine n'était plus le barbu d'autrefois. Les cheveux courts, le teint hâlé, il respirait la santé. Seules quelques cicatrices sur sa gorge trahissaient la chirurgie réparatrice. En chemise bleue et pantalon de coupe parfaite, il paraissait un autre homme. Quant à Johanna, elle était vêtue d'une robe claire boutonnée sur le devant, à l'élégance remarquable. Sous sa chevelure blonde, allumée de soleil, son regard posait sur le monde douceur et attention. Le jeune garçon aux cheveux châtains ne lâchait pas son père, et Margrit, blonde aux yeux bleus, se levait contre sa mère. Puis Antoine parla à ses enfants. Et ensemble, très lentement, ils ressortirent du cimetière.

Les enfants chuchotaient entre eux.

– Margrit, Armand, ne vous éloignez pas, lança Johanna, dans un français presque parfait.

– Dans ce village, on ne peut pas se perdre, la rassura Antoine. Allons jusqu'à la place à pied, ça nous dégourdira les jambes. Nous avons le temps, n'est-ce pas ?

D'un blond de moisson, les cheveux de Johanna trouvaient une nouvelle lumière dans ce pays, et Antoine le remarqua :

– Si j'étais le soleil, je te demanderais en mariage, Johanna, tu es ici plus belle que jamais !

– Anton, je ne suis pas libre, savez-vous.

Ils rirent en s'embrassant.

– Personne ne me reconnaîtra, j'en suis certain, dit Antoine. Mais ça ne me gênerait pas.

– Les enfants ont certainement soif par cette chaleur, nous pourrions prendre…

– Il doit y avoir un café, s'il existe toujours, allons voir.

Le couple élégant, main dans la main, suivi des deux enfants, rejoignit la place et s'installa à l'ombre du grand et vieux tilleul, autour d'une table. Antoine avait remarqué la nouvelle enseigne « CHEZ VALENTINE ». L'emplacement du jeu de quilles était toujours là.

Ils commandèrent des boissons fraîches à la charmante et jeune serveuse. Antoine cherchait quelqu'un du regard, en vain…

Un autre couple s'installa et la jeune femme demanda à la serveuse :

– Vos patrons sont toujours en vacances ?

– Oui, jusqu'à la fin de la semaine ! Valentine voulait faire plaisir à son gamin, il aime tant la plage, et son mari Félix en profite aussi, vous savez bien comment il est, il dit qu'il n'aime pas mais…

Antoine avait compris.

Les Coupière, parents et enfants, avaient décidé de ne parler qu'en français, mais parfois Armand et

Margrit laissaient échapper quelques mots d'allemand. La serveuse avait bien entendu des mots étrangers mais…

– Je voudrais voir ton école, papa.

– Moi aussi, ajouta la jeune Margrit.

Antoine emmena les enfants devant la petite école de pierres, la Communale, avec, dans la cour, cet arbre immense, presque aussi haut que celui de la place. Les enfants écarquillaient les yeux, face à l'immense préau.

– Tu t'amusais bien ici ? lança Margrit.

– J'ai appris à lire, à compter, à écrire et…

– Ton maître était sévère ?

– Eh bien… j'avais quelques camarades assez bruyants et le maître nous montrait la baguette !

Les enfants s'esclaffèrent.

– Il ne faudrait pas s'éterniser ici si tu veux voir Pierre, annonça Johanna en ajoutant : j'aime beaucoup ton village, Anton. Tu me l'avais si bien décrit.

– Retournons à la voiture.

Antoine avait soudain du vague à l'âme. Retrouver son village lui causait quelques émotions, et il s'en cachait fort mal.

Lorsqu'il passa devant l'étude du notaire, il s'approcha de la plaque de marbre qui lui parut plus importante qu'autrefois. Il lut :

ÉTUDE NOTARIALE
GONZAGUE DE LALEUZE
ROSE-LOUISE DE LALEUZE.

Près de la maison des Delchère, Antoine ne put s'empêcher de ralentir le pas. Quelque chose avait changé devant la maison, les pierres n'embarrassaient plus le devant de porte, comme autrefois, tout avait été modifié. Sur le portail de l'entrée, un nom inconnu surprit Antoine. Les Delchère n'habitaient plus ici. Il soupira, craignant le pire. Comme ils s'approchaient de leur voiture, une surprise de taille les attendait.

Une silhouette apparut soudain. Antoine reconnut son ami Pierre, et ils s'étreignirent, sans un mot. Puis Antoine présenta Johanna et ses enfants.

Pierre les salua, mais quelque chose en lui troubla Antoine.

– Faut m'excuser, Antoine, je suis dans une mauvaise passe, c'est pourquoi je suis venu à ta rencontre. Je ne peux pas te recevoir à la maison mais je peux t'embrasser tout de même, toi et ta jolie Johanna, et tes enfants…

Les visiteurs ne savaient plus quelle attitude adopter. Pierre avait une allure de pauvre homme malheureux. Après les félicitations d'usage envers Johanna et les enfants, il finit par avouer :

– Pour tout te dire, Anne et moi on ne s'entend plus, elle part souvent chez ses parents, ou ailleurs sans doute. Elle n'a pas voulu te recevoir, et à la maison, tout est sens dessus dessous, dit-il en pleurant. J'étais si heureux de ta venue et puis, patatras, tout va de travers, faut pas m'en vouloir, mon cher Antoine, faut pas.

Comment venir en aide à son ami aussi désemparé ? Terriblement peinés, Antoine et Johanna tentaient de le consoler, Pierre s'appuyait contre l'épaule de son ami.

– La vie a parfois de ses revers…, dit-il.

– Il ne faut pas perdre espoir, Pierre, la situation peut

se retourner et Anne peut te revenir, et tes enfants ont aussi besoin de toi, d'un père fort, promets-moi...

Il haussa des épaules lasses, vaincu d'avance. Puis, le dos voûté, il s'éloigna de quelques pas, avant de se retourner vers eux :

– Je vous écrirai, dit-il avec un dernier geste de la main. Si vous allez à Fonterouge, le père Vieillessente n'est pas à prendre avec des pincettes en ce moment, vu qu'il doit mettre sa propriété en fermage, le fils, le Jean-Jacques, le Parisien, s'en fout complètement. Tout va mal ici...

Sur ces mots, plus triste que jamais, Pierre repartit vers son enfer.

Johanna s'approcha d'Antoine et tous deux regardèrent s'éloigner le seul ami qu'ils voulaient rencontrer, incapables d'articuler une parole.

Tous les quatre repartirent lentement vers la voiture. Les enfants, ignorant la vie de Pierre, oublièrent rapidement cette rencontre. Margrit revint très vite à la réalité :

– Et ta maison, papa, tu avais bien une maison quand tu étais petit ? J'aimerais la voir !

Cette question rompit le mauvais silence.

– Un autre jour, ma chérie, un autre jour je te la montrerai.

– Et le ruisseau à écrevisses ? demanda Armand.

– Laissez votre père tranquille. Demain tout ira mieux, aujourd'hui est un jour difficile, ça arrive parfois, dit Johanna.

– Oui, ça arrive parfois, répéta Antoine en leur adressant un pauvre sourire. Mais demain sera un autre jour, plein de soleil. Vous verrez, mes chers enfants, comme l'Auvergne est belle…

La Coccinelle prit le chemin inverse. En passant, Antoine vit que l'épicerie avait changé de propriétaire, mais il ne fit aucun commentaire. « Le curé, déjà bien vieux, doit être mort aussi », pensa-t-il.

– Comme il est beau ton pays d'enfance, dit Armand, il ressemble un peu au nôtre et pourtant…

– Nous reviendrons pour voir mon ruisseau…

– C'est une chance d'être de deux pays, c'est vrai, papa. Dans mon école ils disent que c'est impossible, mais je leur dis que nous avons la double nationalité avec Margrit, comme maman. Ils ont du mal à comprendre !

Armand leva la tête ; il portait cette fierté jusque dans ses yeux de petit homme de huit ans. Puis il ajouta :

– Et comme nous parlons les deux langues, je crois que c'est une grande chance pour nous, même si c'est difficile ! Tu ne trouves pas, Margrit ?

La petite fille confirma avec une moue.

– Oui, mais qu'est-ce que c'est difficile, le français !

Johanna et Antoine échangèrent un regard de tendresse. Que pouvaient-ils entendre de plus merveilleux ?

– C'est dommage que grand-père ne parle pas français, continua le garçon.

– Ton grand-père Hermann Bayerl dont tu portes le prénom a fait plus que tu ne peux imaginer pour ton père et pour moi, et ta grand-mère Nathalia également. Lorsque vous serez plus grands, sans doute vous passionnerez-vous tous les deux pour notre Histoire, celle de nos deux pays qui eut pour conséquence, de manière étrange, de nous réunir, votre père et moi.

– Pourquoi je ne m'appelle pas Nathalie ? questionna Margrit.

– Tu portes le prénom de ta grand-mère paternelle, Marguerite Coupière, que tu as visitée au cimetière.

– C'est beau Marguerite, c'est le nom d'une fleur des champs.

Deux larmes s'échappèrent des yeux d'Antoine. Johanna posa doucement la main sur son bras.

La voiture les ramenait à Vic-sur-Cère où ils avaient pris pension pour quelques jours.

Après le repas, et dès que les enfants eurent rejoint leur chambre, Antoine s'assit près de Johanna.

– Cette journée dont j'espérais tant ne m'a apporté que de la peine. Pauvre Pierre... Quand je les ai quittés, c'était un couple heureux, plein de vie... Que s'est-il donc passé entre ces deux-là ? Pierre ressemblait à une loque humaine. Et, de plus, Anne Lamatie était une amie d'enfance. Que leur est-il arrivé ?

– Anton, bien des choses peuvent changer dans la vie, et en peu de temps ! En bien aussi, prends notre exemple : nous étions seuls et dans la détresse, et puis...

– Nous sommes heureux, le temps a passé si vite. C'est vrai. Comme le répètent tes parents, « Grâce à vous, nous pouvons vivre auprès de nos petits-enfants, vous qui avez opté pour la double nationalité. »

– Ce n'est pas si mal, non ? Tout le monde te connaît dans le pays, Anton le *Franzose*, comme ils disent... Mais les êtres extraordinaires, ce sont mes parents... ils ont perdu leurs deux fils dans cette sale guerre et ils ont accepté un Français pour gendre ! Comment ont-ils pu s'y résoudre ? Et jamais la moindre insinuation, jamais de reproches sur ce drame, sur cette politique. Le voilà l'exemple !

– J'ai eu beaucoup de chance, dit Antoine en la prenant dans ses bras. Viens, allons dormir, demain il fera grand soleil et je dois vous emmener au ruisseau. Et peut-être, si nous en avons le temps, je leur montrerai la maison des p...

Mais il se retint à temps, ce mot devait s'effacer de sa mémoire.

Comme tant de voyageurs sur les traces de leur passé, il avait conservé les images dernières sans penser que le temps, ici comme ailleurs, avait fait son œuvre. Saint-Santin-les-Roses lui paraissait plus étroit, plus fermé sur lui-même qu'il l'avait imaginé avant de replacer ses pas d'adulte dans ceux du jeune homme qu'il avait été.

Johanna dormait paisiblement à ses côtés. Enfin, lassé de toutes ces idées qu'il jugea soudainement idiotes, il oublia de penser...

Le lendemain, les Coupière commandèrent discrètement un repas à emporter, à l'hôtel-restaurant.

Johanna téléphona à ses parents dans le hall de l'hôtel comme elle le leur avait promis. L'hôtelier, qui jusque-là les avait entendus parler français, s'étonna. Mais sa surprise devint méfiance quand Armand prit l'appareil à son tour et parla un peu trop fort :

– Hallo Grossvater !

– ...

– Ja, Grossvater...

L'hôtelier ne put résister à sa curiosité.

– Sans indiscrétion, de quel pays êtes-vous ? demanda-t-il à Antoine, avec le sourire le plus hypocritement poli.

– Nous sommes d'ici, mais nous aimons voyager, nous sommes d'ailleurs aussi, répondit Antoine avec un grand sourire qui, s'il n'assouvit pas la curiosité du bonhomme, lui intimait au moins d'en rester là.

Les préparatifs avaient manqué de discrétion, et la surprise fut éventée. Il fallut avouer aux enfants l'expédition de midi.

– Nous allons déjeuner sur l'herbe, près du ruisseau…

Cris et manifestation de joie bruyante répondirent, et tous filèrent s'équiper de vêtements de détente.

La Coccinelle et ses passagers s'éloignaient. La joie et l'impatience d'arriver en ces lieux devenus mythiques donnaient à l'équipée une allure de conquête.

En traversant Saint-Santin-les-Roses, l'auto ralentit.

– Oh, cette église, Anton, murmura Johanna. Ça me ferait tellement plaisir d'y entrer.

– Promis, lorsque nous rentrerons, nous ferons une halte. Ça me fera plaisir aussi, j'aurais dû y penser plus tôt.

– D'abord le ruisseau ! s'écrièrent les occupants de la banquette arrière.

Puis la voiture se dandina dans un chemin au gré des creux et des bosses. Les bordures de noisetiers frôlaient parfois les enfants à travers le toit ouvrant. Ils trépignaient d'impatience en riant. Dès que les prés apparurent, ils cherchèrent à apercevoir les eaux du ruisseau mais elles se dissimulaient, comme pour jouer, entre mur de verdure et arbrisseaux où le chèvrefeuille en fleur embaumait l'humidité de l'air.

Il était bien là ce ruisselet, aminci par l'été, et qui moussait entre les berges, contre les énormes pierres luisantes et les racines surgies du lit. Il chuchotait entre les feuillages.

Sa fraîcheur invitait à la baignade et le jupon de Margrit et le short d'Armand étaient déjà trempés.

– Ton ruisseau, c'est le plus beau du monde, papa ! annonça triomphalement Armand.

– Ah oui, c'est vrai ! lança Margrit.

Johanna plongea elle aussi ses pieds dans l'onde caressante en remontant sa jupe.

Antoine souriait, tout en roulant son pantalon sur ses cuisses.

– Où sont les écrevisses, papa ?

– À cette heure, elles se cachent, à moins qu'une ou deux affamées viennent vous pincer les orteils, elles adorent les petits orteils blancs des enfants…

Leurs rires réveillaient des échos sous la voûte ombreuse.

Ils s'éclaboussaient, seuls au monde dans leur joie.

L'heure d'étaler la grande nappe – prêtée par le restaurateur – arriva. Ils avaient tous faim et chacun s'empressa de participer à l'installation des victuailles.

Deux grands paniers livrèrent leurs trésors sous les acclamations des enfants : tout d'abord quatre assiettes, quatre verres, couverts et serviettes…

– Un casse-croûte de luxe ! annonça Anton, il y a même de la limonade pour les enfants !

Johanna déballa les plats et procéda au partage sous

le regard d'Antoine qui ne se séparait jamais de son couteau suisse. Alors le calme revint, et cependant qu'ils dégustaient charcuterie, poulet froid, fromages et fruits, l'eau glissante, sereine, chantonnait, à distance de bras, la formule magique des gens heureux. Les enfants mangeaient avec les doigts, les lèvres gourmandes, et ne s'interrompaient que pour glousser de plaisir. Lorsque le clafoutis aux fruits du pays émergea de son camouflage, les enfants ne se tenaient plus.

– Faudrait revenir souvent, papa ! C'est mieux qu'au restaurant, s'écria Armand la bouche pleine.

– Après déjeuner, nous essaierons d'attraper quelques écrevisses.

– Ouiiiii ! clama Margrit. Moi, j'en veux une très grosse, avec des grosses pattes !

– Pourquoi c'est meilleur quand on déjeune sur l'herbe ? demanda Armand.

– C'est meilleur partout où nous sommes réunis tous les quatre, souligna Johanna. Parce qu'on s'aime.

Et elle les embrassa tour à tour.

Antoine, qui avait déjeuné copieusement, s'étendit dans l'herbe, sous la bienheureuse emprise du rosé du pays.

Les fourmis s'invitaient maintenant sur la nappe. Margrit affirma qu'elles avaient droit, elles aussi, de partager leur nourriture !

Johanna rangea vivement restes et couverts dans les paniers, et s'étendit auprès d'Antoine. Les petits avaient entrepris la construction d'un barrage de pierres, en s'éclaboussant et pataugeant dans le ruisseau.

Le gazouillis de l'eau, le bourdonnement des myriades d'insectes, les zigzags des libellules bleues, la visite curieuse des papillons, tout ici chantait la beauté d'un lieu caché, dont le secret ne se révélait qu'aux âmes aimantes.

Étendus côte à côte, Johanna et Anton s'imprégnaient de ces parfums qui jaillissaient du cœur même de l'Auvergne !

– On est si bien, Anton. Quel magnifique pays !

Les enfants, torse nu, n'avaient plus que leur slip sur eux. Le barrage de pierres ne retenait pas l'eau, mais c'était là une grande œuvre d'architecture...

Armand s'impatientait :

– Comment va-t-on les prendre ces écrevisses, papa ?

Il était écrit que la sieste d'Antoine s'arrêterait là. Il soupira et se leva. Certes, il y avait bien un risque à pêcher sans permis, sans balance... du braconnage en bonne et due forme ! Mais il décida qu'aucun gendarme ne rôderait aujourd'hui dans les parages.

– Bon ! Eh bien pour commencer, il faut attraper une ou deux grenouilles. Allez voir dans la rase qui rejoint le ruisseau et appelez-moi !

– Quelle expédition ! dit Johanna en riant.

– À leur âge je savais, faut bien qu'à leur tour ils apprennent.

Des cris d'excitation, puis de déconvenue... finalement ce fut Antoine qui dut attraper les grenouilles et les écorcher pour attirer les bestioles à pinces, assembler un petit fagot de branchettes, fixer l'appât au milieu et immerger le tout dans un endroit assez profond dans le lit du ruisseau. Puis attendre avec l'impatience que l'on imagine. Il fallait oublier le piège pendant au moins une demi-heure, ce qui menaçait d'être long...

Johanna et Antoine parlaient de leur voyage, ce premier qu'ils avaient pu organiser et qui ne durerait qu'une semaine environ. La découverte de la France pour les uns, un retour aux sources pour Antoine. Une belle aventure pour tous.

Au cours de ces années vécues en Bavière, Antoine, sur les conseils de Johanna, avait lu et consulté bien des livres sur la guerre de 1939-1945. Son ignorance s'était muée en savoir.

– À quoi rêves-tu, mon Anton ? s'inquiéta Johanna.

– Aux Coupière, à ces petits qui jouent dans une insouciance parfaite. Puissions-nous les protéger toujours.

– Tu es un mari et un père unique, mon Anton. Mes parents me l'ont souvent rappelé, dit-elle en l'embrassant.

– Il serait bien temps d'aller lever le piège à écrevisses, les petits vont perdre patience.

Et tous les quatre se penchèrent vers l'endroit où avait été déposé le fagot.

– Va le chercher, Armand. Soulève-le doucement et passe-le-moi...

Quatre paires d'yeux scrutaient l'eau.

Des écrevisses étaient enchevêtrées dans le fagot, prisonnières de leur voracité. Elles étaient cinq. Les enfants ne contenaient plus leur joie en défaisant le bouquet de branchettes liées d'une ficelle.

– Chut ! Silence, les enfants, ce que nous faisons là est interdit, nous n'avons pas le droit de pêcher de cette manière !

Mais leur joie débordait... et, tout heureux, ils replacèrent le piège un peu plus loin.

– Elles sont magnifiques, disait Margrit, elles ont des grosses pinces et des petits yeux.

– Ne vois-tu pas qu'elles t'observent ?

Margrit se rapprocha de sa mère, peu rassurée.

Une demi-heure plus tard, Armand levait le fagot et trois autres crustacés émergèrent de l'eau.

– Il est l'heure d'arrêter la pêche ! décida Antoine. Qu'allez-vous faire de ces bestioles maintenant ?

– Nous allons les manger ! cria Armand qui s'en réjouissait à l'avance.

Et de regarder intensément ces carapaces qui s'enchevêtraient dans une petite boîte.

– Approche donc ton oreille tout près d'elles, dit Antoine, et dis-moi ce que tu entends.

– Ça fait un bruit bizarre, on dirait qu'elles se battent…

– Elles souffrent de se sentir prisonnières, dit Johanna, l'air triste.

– C'est vrai, dit Armand qui les écouta encore.

– Sais-tu que, pour les cuire, on les précipite vivantes dans l'eau bouillante ?

Sans une hésitation, Margrit se saisit de la boîte, courut vers le ruisseau tout proche et déversa le contenu dans l'eau.

– Je ne veux pas qu'on les jette dans l'eau bouillante, je ne veux pas qu'on leur fasse du mal !

– Tu es folle, Margrit ! C'étaient mes écrevisses ! cria Armand.

Il fallut consoler l'un et l'autre. Puis le chagrin se dissipa peu à peu. Un instant plus tard, Margrit dit à son frère :

– Maintenant, elles ont retrouvé leurs parents, elles doivent être contentes, tu sais…

– Après ce qu'a dit maman, je n'aurais pas pu les manger, tu as bien fait, Margrit.

Ils démolirent le petit barrage de pierres, libérant l'eau qui retrouva son lit et ses habitudes.

Antoine devenait songeur. Il avait promis de montrer la petite maison, et ne s'esquiverait pas.

– Nous allons passer à Esquiral, dit-il. Vous verrez la maison où nous habitions, votre grand-mère Marguerite et moi.

La voiture prit un autre chemin que celui de l'aller, et l'auto cahota tout autant. Personne ne parlait, sans savoir pourquoi. Puis la Coccinelle ralentit et s'arrêta sur une petite clairière. La maison apparut, que tous semblaient reconnaître…

– Voilà, dit Antoine. C'était ma maison.

– Qu'elle est jolie ! s'écria Margrit.

– On dirait qu'elle est habitée, dit Antoine, soyons discrets.

Tout près, une pancarte annonçait : À LOUER, SEMAINE, MOIS, S'ADRESSER FERME CHAVAROCHE, suivi d'une flèche.

La maison avait été restaurée, les joints entre les pierres comblés, la cachette de la clef n'existait plus. Fenêtres et volets avaient été changés ou repeints. Le plus saisissant pour Antoine fut le jardin, transformé en pelouse bien tondue. Quelques géraniums fleurissaient par-ci, par-là. Le portail n'avait pas été modifié ni changé. Soudain, une jeune femme apparut et, voyant les Coupière, elle les prit pour des visiteurs. Après un bonjour poli, elle leur dit :

– Peut-être cherchez-vous un lieu pour des vacances ?

À la surprise générale, Armand s'écria : « Oui, madame. » Trop tard pour les parents pris au dépourvu.

– C'est un endroit merveilleux ici, voilà trois semaines que nous y sommes et nous regrettons de devoir le quitter. Voulez-vous visiter ?

– Merci, nous reviendrons un autre jour, intervint Antoine. Nous sommes assez pressés aujourd'hui.

– Les propriétaires habitent plus loin, ils sont aimables, surtout les jeunes, dit la dame en indiquant la ferme des Chavaroche.

– Merci beaucoup, dit Johanna en retenant Armand par la main qui lui, voulait visiter.

Ils parlèrent encore un moment, sans franchir le portail, mais leurs regards curieux trahissaient l'envie.

La jolie maisonnette possédait ce charme particulier des bâtisses de la campagne auvergnate.

Johanna la photographia plusieurs fois. L'appentis avait été conservé, là où Antoine avait dormi pour la dernière fois. Il contenait son émotion face aux enfants qui débordaient d'enthousiasme.

– Cette maison n'appartenait pas à votre grand-mère, nous y habitions simplement, dit-il.

– Pour nous, c'est pareil, déclara Armand, frustré de n'avoir pu courir sur cette belle pelouse.

Au moment de partir, Margrit aperçut un chat, un gros chat tout gris…

– Papa, regarde le beau chat !

– Il y en a toujours par ici, on se demande comment !

Ses yeux restèrent rivés sur la maison, jusqu'à ce que la voûte des arbres dévorât toute visibilité. Johanna avait à peine parlé, elle savait pourquoi.

– Heureusement que tu as fait des photos, maman, cette maison est si jolie, dit doucement Armand.

Lorsqu'ils traversèrent Saint-Santin-les-Roses, Antoine décida la visite de l'église, il l'avait promis à sa femme. L'après-midi déjà fort avancé propageait l'ombre des maisons. Quelques personnes prenaient le frais à la terrasse du café. Armand et Margrit montraient peu d'enthousiasme pour cette visite destinée aux adultes.

Un groupe de jeunes gens observait l'immatriculation de la voiture, et ils parlèrent entre eux.

Derrière le lourd portail, la famille Coupière, après s'être signée, avança silencieusement sur la nef centrale, et occupa quatre chaises sur la même rangée, près du transept. Après un moment de recueillement, ils s'assirent. Le soleil entrait par le parvis et butait sur la porte, sans éclairer les vitraux. Le chœur et le sanctuaire baignaient dans une faible clarté et il fallait laisser aux yeux le temps de s'habituer. Sur les vitraux du transept et ceux du déambulatoire, des taches colorées ouvraient comme un œil. Après un moment de recueillement et de découverte, Antoine donna des explications à voix basse. Puis ils s'en retournèrent vers la sortie. En longeant l'allée centrale, Antoine aperçut la silhouette d'un homme penché sur un prie-Dieu, immobile. Il observa le visage de l'homme et, au moment de le dépasser, s'arrêta soudain. Il crut reconnaître celui qui priait. Était-ce possible ? Il s'approcha de lui. L'homme redressa la tête.

– Excusez-moi, n'êtes-vous pas le père Boussal ? demanda Antoine.

L'homme opina du chef, sans le reconnaître.

– Je suis Antoine Coupière.

Le curé se leva péniblement, tendit les deux bras vers le jeune homme et le serra contre lui.

– Dieu soit loué ! Je t'attendais, Antoine, j'espérais que tu passerais ici et que tu rentrerais dans ta vieille église de Saint-Santin-les-Roses avec ta famille. Assieds-toi un instant, j'ai à te parler, après je voudrais bien connaître ton épouse et tes enfants…

Antoine demanda à ses enfants et à Johanna de l'attendre. Ils s'installèrent tous les trois près des fonts baptismaux, sur les premières chaises.

Revenu près du curé Boussal, il lui exprima toute sa joie de le retrouver.

– Je sais depuis peu ton cheminement, mon cher garçon, ta vie depuis que tu es parti voilà presque dix ans. Oh ! il n'y a pas longtemps, ton ami Pierre s'est confié à moi. Il ne faut pas lui en vouloir, il est désemparé. Je n'avais pas cru à ton voyage vers l'Alsace, tu avais voulu en faire un « mystère ». Je peux le comprendre. Tu as créé une famille avec une femme allemande, je crois savoir que tu es heureux, mais tu sais aussi ce que le pays pense de ça.

– Oui, père Boussal.

– Pourtant, sans t'en rendre compte, tu as posé là une pierre pour la paix, Antoine, une fabuleuse pierre pour la fondation d'une réconciliation. Je crois que là-haut, Il doit être fier de toi…

Antoine se sentait dans ses souliers d'enfant.

– Je tenais à te dire ceci : méfie-toi, depuis quelques jours, ton oncle Vieillessente s'est déchaîné contre toi, contre ta femme. Seulement parce qu'elle est allemande. Il sait en plus que tu es dans la région. Je te conseille d'éviter Fonterouge, il y aurait du vilain pour toi et les tiens. Tu serais le prétexte à méchancetés, voire pire. Son esprit n'est pas ouvert à ces choses-là. Je souhaitais t'en avertir, maintenant dis aux tiens de venir près de moi, que je les bénisse.

Lorsque Johanna s'approcha, elle lui tendit la main en s'inclinant légèrement. Il regarda la jeune femme avec attention, lui prit la main et la garda un instant dans la sienne, puis il bénit la petite famille qui se taisait, pleine de respect.

– Je ne suis plus très agile aujourd'hui, je ne me déplace qu'avec l'aide de cannes et le secours du Bon Dieu, je vous demande de m'en excuser.

Ils s'assirent autour de lui. Les enfants ouvraient de grands yeux devant ce vieux curé découvert dans l'obscurité de l'église.

Le père Boussal leur parla de leur père, de sa jeunesse. « Vous pouvez en être fiers », leur dit-il.

Antoine évoqua ses peintures, qu'il dissimulait derrière une petite porte.

– Elles y sont toujours…

La rencontre dura plus d'une demi-heure. Le curé voulut ensuite demeurer seul dans son église. Peut-être refusait-il qu'on le voie marcher…

Lorsqu'il tira la lourde porte derrière lui, Antoine soupira profondément.

– Quelle surprise, mon Dieu ! Je n'aurais pu imaginer pareille rencontre, moi qui croyais que…

– C'est un vieux curé, mais il est gentil quand même ! crut bon de souligner Margrit, la bouche en cœur.

– Nous venons de vivre une journée inoubliable ! Inoubliable ! s'extasia Antoine.

L'Angélus du soir avait sonné depuis longtemps lorsqu'ils rentrèrent à leur hôtel.

Le lendemain marquait la fin du séjour en Auvergne, et du détour par Paris avancé d'une journée, celle qu'ils avaient prévue de passer chez Pierre Chailloux. Antoine ne désirait plus revenir à Saint-Santin-les-Roses, quelque chose en lui s'était brisé. Inutile de souffrir davantage. Il suivrait les conseils de Pierre et du père Boussal.

Plus que jamais il mesurait la profondeur des blessures de guerre en France. Il avait évolué, la Bavière l'avait absorbé, au cœur d'une famille qu'il respectait, *sa* famille. Il aimait se dire des deux pays, comme sa femme et ses enfants l'étaient aussi. Et de cela, il ne démordrait jamais.

Le turbulent jeune gars d'Esquiral avait fait du chemin, couvert un parcours, dont il se rendait à peine compte lui-même. Il parlait maintenant deux langues du cœur. Saint-Santin-les-Roses resterait dans sa peau à jamais, mais un autre pays avait trouvé en lui une grande place.

Antoine ignorait qu'il avait participé au début de la construction d'une autre Europe, celle de la Paix.

15

Dans les rues de Paris, la Coccinelle passait inaperçue. Dès que l'hôtel fut trouvé, on ne perdit pas de temps, les monuments attendaient, la tour Eiffel, l'Arc de Triomphe, le Louvre, sans oublier la pratique du métro.

En observant la Seine, les enfants firent la moue : ils préféraient leur Danube, même s'ils empruntaient le bateau-mouche pour admirer Paris. Margrit demanda si dans ce fleuve trouble il pouvait y avoir des écrevisses.

Madame Coupière, en revanche, découvrait avec bonheur la capitale française et l'attrait de ses boutiques. Quant à Antoine, il faisait de son mieux pour que les siens découvrent l'âme de Paris.

Le temps passait vite et les petits restaurants grignotaient les économies.

La carte routière déployée sur la table, on établissait l'itinéraire du retour : Paris, Saint-Dizier, Nancy, Strasbourg, Stuttgart, Augsbourg. Et un peu plus loin, vers le nord-est, le village de Johanna. Ils décidèrent qu'ils dormiraient à Strasbourg et en profiteraient pour visiter la cathédrale.

À Strasbourg, ils échangèrent leurs francs contre des marks. Cette fois, ils rentraient bien chez eux...

La route fut longue, bien qu'entrecoupée d'arrêts fréquents, nécessaires pour se détendre, boire et se sustenter.

La Coccinelle tenait bon.

À leur arrivée, fourbus mais heureux de ramener une telle foule de souvenirs de France, les Coupière respirèrent à pleins poumons l'air de leur chère Bavière.

Hermann et Nathalia Bayerl leur avaient préparé une surprise de taille, mais, assurèrent-ils, il faudrait attendre pour la connaître. Et en priorité écouter les récits excités des enfants. Ce voyage en France, en Auvergne, en terre du père, les avait marqués à jamais. Le village de Saint-Santin-les-Roses, avec sa petite place, son église romane, l'école, la maison d'Esquiral et surtout le petit ruisseau avec la pêche aux écrevisses, chantait dans leurs têtes d'enfants.

Antoine, lui, prit le temps de visiter la ferme dans tous les détails, sans oublier les bêtes.

Le troisième jour après leur retour, ce fut au tour d'Hermann Bayerl de se montrer impatient. Alors que tout paraissait en ordre dans la propriété – il ne pouvait en être autrement – à la fin du dîner, un succulent « sauerbraten », ce bœuf braisé à la sauce aigre-douce, servi avec du chou rouge, Hermann surprit tout son petit monde en prenant la parole, lui qui se manifestait rarement.

Il se leva, se campa et, solennel, annonça :

– Mes chers enfants, Nathalia et moi avons pris une grande décision. Et elle vous concerne en tout premier lieu.

– Nous aussi ? demanda Armand, précédant sa sœur de quelques secondes.

Le vieil homme hésita un court instant, visiblement l'émotion le malmenait.

– Oui, répondit-il enfin. Voici en quelques mots ce que nous avons décidé pendant votre absence.

À cet instant précis, les regards le couvaient, et il faillit en rire.

– Nous avons décidé de vous céder la propriété en grande partie. Nous n'en conserverons que dix pour cent environ, juste pour dire que nous avons toujours un jardin. Mais, rassurez-vous, nous travaillerons comme par le passé. Les documents sont prêts, nous n'attendons plus que votre accord. Anton, mon gendre, qu'en pensez-vous ?

Ce fut au tour d'Antoine de manquer de voix.

Il se leva, doucement, comme pour réfléchir en même temps. Puis :

– Êtes-vous sûrs de cette décision ? Ce sont vos biens, vous avez trimé sur ces terres, ça demande réflexion ! Je ne m'attendais pas à pareil cadeau.

– Tout est bien réfléchi. Cette propriété requiert aujourd'hui un patron jeune, et vous êtes celui qu'il lui faut. Ne m'aviez-vous pas parlé d'une culture de fraisiers, avant votre départ ? Vous m'aviez assuré de sa rentabilité, il faut aller de l'avant, vous avez raison.

Antoine se déplaça, donna l'accolade à son beau-père et embrassa Nathalia, sa belle-mère.

Johanna, fort émue elle aussi, essuya une larme.

– Je ne sais pas si nous… nous méritons ce geste, bafouilla Antoine. Mais je vous promets que jamais vous ne le regretterez.

– Nous avons eu bien du malheur avec nos deux garçons, mais vous, Anton, vous vous êtes toujours conduit avec dignité dans cette maison. Et depuis les premiers jours. Et puis, il faut aussi que je vous dise, pour les terres… vous serez propriétaires, comme vos voisins. Vous êtes apprécié du bourgmestre qui souhaite vous voir, vous parler. Ils ont besoin d'hommes comme vous, il est temps maintenant de vous enraciner en Bavière, comme tant d'autres l'ont fait depuis 1945. C'est aussi une terre d'accueil, et puis, il faut regarder vers l'avenir, ajouta-t-il en souriant aux enfants muets, impressionnés.

Il n'avait pas terminé :

– Vous m'avez toujours surpris et étonné, Anton, vous m'avez même imposé une terrible réflexion, je vous l'avoue. Aujourd'hui, quand je regarde mes petits-enfants, je vois le soleil se lever différemment. Mais croyez-moi, ça n'a pas toujours été facile. Ma conscience a bataillé longtemps. Mais la sagesse et la raison ont été les plus fortes. Nous sommes tous des paysans du monde, notre terre nous est seulement prêtée, même si elle nous paraît le bien le plus précieux que nous possédions. Aujourd'hui, notre trésor, c'est vous quatre…

Hermann Bayerl s'était exprimé dans sa langue. Jamais auparavant il n'avait tant exprimé, et avec une telle confiance, une telle conviction.

Son épouse le regardait, admirative et silencieuse, les yeux mouillés. Elle réussit à dire :

– Nous allons trinquer à notre avenir à tous, à notre famille, mais avec du champagne de France !

Johanna étreignit son Anton, bouleversée de bonheur.

– Au domaine Coupière-Bayerl ! Au domaine Coupière-Bayerl !

Le cliquetis des verres fit rire les enfants et ils trinquèrent aussi, et leurs petits yeux brillèrent, même si Johanna veillait, dépassée elle-même par une joie qu'elle peinait à contenir.

– Je ne sais plus quoi dire, je ne sais plus..., bafouillait Antoine. Une telle histoire n'arrive que dans des livres !

Soudainement silencieux, Hermann et Nathalia comprirent que le monde venait de basculer vers une génération nouvelle, et tous deux, main dans la main, commençaient à mesurer le courage et l'abnégation qui, de détresse en détresse, avaient permis leur geste.

Après ces moments qui ouvraient les portes sur un avenir plein d'espoir, Johanna devina que son Anton avait besoin de respirer le grand air.

– Viens, Anton, allons prendre l'air, nous en avons besoin.

Elle le prit par le bras et l'entraîna vers les jardins.

– Jure-moi que tu ne savais rien, Johanna ?

– Je te le jure, Anton. Sans que tu t'en aperçoives, les grains de blé que tu avais apportés ont représenté pour moi le plus beau des symboles. Ils auraient pu se perdre, mais ils ont germé, et à leur tour ils ont donné d'autres grains, puis d'autres encore. Les grains mêlés de nous deux. Eh bien, un homme qui se conduit ainsi mérite ce qui t'arrive…

– Je me souviens, oui. Oh oui !

– N'avais-je pas raison ? C'est toi qui m'as appris à écouter le chant du blé… quand les épis sont dorés, lourds et bien mûrs, et qu'une douce brise d'été, les berce et les caresse. Je l'entends maintenant ce chant étrange, qui demande autre chose que l'oreille. Je n'ai jamais entendu de fausses notes…, Anton. Et ce chant, je l'ai appris à nos enfants.

Les larmes roulaient sur les joues de l'enfant pauvre d'Esquiral, plein de rage et de rêves.

– Et si maintenant nous parlions d'autre chose, mon Anton ?

Il se serra contre elle. Elle pouvait lui demander n'importe quoi, sa vie…

Dans sa tête, se superposaient en images parfois d'une netteté absolue, parfois floues la stupéfiante proposition d'Hermann Bayerl, les souvenirs des vacances de l'été dans son village, avec les trois êtres qu'il aimait le plus au monde, au bord de son ruisseau. Puis des images plus lointaines, celles où ils avaient oublié le temps dans le jardin de la brasserie de Regensburg avec Johanna, sa demande en mariage, les grains de blé mêlés aux autres, puis des flashes venus des temps de souffrance, des douleurs du prisonnier.

Et aussi, cette montre d'argent dont le clapet secret livrait le portrait de sa mère à vingt ans, le même âge que lui lorsque débuta cette histoire.

Deux années plus tard, en septembre 1958, Adenauer accepta enfin l'invitation de De Gaulle à Colombey-les-deux-Églises.

Il en reviendra, non seulement ravi, mais certain d'avoir compris que tous deux allaient réaliser les grands desseins de deux pays blessés, mais réconciliés.

DU MÊME AUTEUR

Aux Éditions Albin Michel

LA NOISETIÈRE, 1998, prix Lucien-Gachon 2000.

LE MOULIN DES RÊVES, 2000, prix de Terroir Rosine-Perrier Hermillon 2001, prix du Terroir Cosne/Loire 2002.

L'ENFANCE INACHEVÉE, 2001.

LA VALLÉE D'ÉMERAUDE, 2003.

UN FILS POUR MES TERRES, 2004.

LES TROIS MARCHES, 2005.

LES CHEMINS DE LA COMMUNALE, 2007, prix Littéraire 2008: www.salondulivre.net.

LE JARDIN DE LOUISE, 2008.

Chez d'autres éditeurs

LE SOLEIL DE MONÉDIÈRE, Éditions de Borée, 1994, prix du Roman d'Auvergne 1994.

LA DERNIÈRE ESTIVE, Éditions de Borée, 1997.

LA FILLE DES EAUX VIVES, Éditions de l'Archipel, 2007.

Édition exclusivement réservée aux adhérents du Club
Le Grand Livre du Mois
réalisée avec l'autorisation des éditions Albin Michel

Composition IGS-CP
Impression : Imprimerie Floch, octobre 2009

ISBN : 978-2-286-06410-5
N° d'impression : 74719-1
Dépôt légal : novembre 2009
Imprimé en France.